全民微阅读系列

梦中童话

白子捷◎著

江西高校出版社
JIANGXI UNIVERSITIES AND COLLEGES PRESS

南昌

图书在版编目(CIP)数据

梦中童话/白子捷著. -- 南昌：江西高校出版社，2025.1. --（全民微阅读系列）. -- ISBN 978-7-5762-5142-5

Ⅰ. I247.82

中国国家版本馆 CIP 数据核字第 2024QH5102 号

策划编辑	陈永林	责任编辑	吴　笛
装帧设计	英明菲凡	责任印制	涂　亮

出版发行	江西高校出版社
社　　址	江西省南昌市洪都北大道96号
邮政编码	330046
总编室电话	0791-88504319
销售电话	0791-88511423
网　　址	www.juacp.com
印　　刷	永清县晔盛亚胶印有限公司
经　　销	全国新华书店
开　　本	700 mm×1000 mm　1/16
印　　张	10.25
字　　数	118千字
版　　次	2025年1月第1版
印　　次	2025年1月第1次印刷
书　　号	ISBN 978-7-5762-5142-5
定　　价	68.00元

赣版权登字-07-2024-669

版权所有　侵权必究

图书若有印装问题,请随时联系本社印制部(0791-88513257)退换

目　　录

衣架和女人 1

梦里梦 2

精神决裂 3

朕的故事 4

评字 5

软雕塑 6

梦非梦 7

幽默传播 8

缺心眼儿 9

仙踪 10

灰色幽默 11

恼羞成怒 12

遐想 13

自觉 14

补牙	15
味道升华	16
蠢猾	17
天助	18
心灯	19
年轻的心	20
败	21
逗自己笑	22
猫上墙	23
创意	24
对爱情专一的人	25
胖姐三笑	26
万花筒	27
微刀故事	28
两个枪王	29
比斧	30
生命力	31
远虑	32
梦中童话	33

草说话	34
抽烟	35
一点通	36
一毛钱的故事	37
贼和强盗	38
蝎子	39
巧克力	40
垂死挣扎	41
吃葡萄不吐葡萄皮	42
粥	43
表演	44
愚蠢和衰老	45
一棵香椿树苗	46
如此卖狗	47
小子和狗	48
猪说	49
京爷和孙子	50
无常人生	51
泡泡和狗	52

香和臭	53
不是幽默	54
珍奇爱宠	55
磨合之痒	56
童年故事	57
读书有用论	58
人畜差异	59
无情	60
叹息	61
走路问题及其他	62
傻八蛋	63
微笑	64
流浪汉	65
老故事	66
养狗和养儿	67
了解	69
红壳鸡蛋	70
回头	71
委曲求全者	72

遗传哭笑	73
猪崽启示	74
另类不幸	75
误会	76
竹鸡	77
绿寡妇的故事	78
茶叶末釉瓷	79
小抽	81
过命之交	82
小大思考	83
如此请客	84
后悔	85
永久飞鸽	87
色浓味淡	89
扯淡	91
过敏反常	92
后悔	93
隐患	94
艺术高于生活	96

缓期执行 97

儿时记忆 99

幸福的秘密 100

儿童心理 101

预言家 103

柳树、柳絮和小石子 104

自然法则 105

人和树 106

狗通人性 107

心灵之歌 108

歹念和歹报 109

喜鹊 110

老鼠 111

对比 112

凶猛的猫 113

管闲事的老太太 114

大度的象 115

爱和被爱的故事 116

浇花 117

狗的思维	118
两难	119
狗问题	120
猪变异	121
猫的伎俩	122
猫老虎	123
懒鸟厄运	124
原罪	125
各持己见	126
美好愿望	127
主权概念	128
繁衍	129
诱惑	130
说蛋	131
驴命	132
猴性	133
纸鸟	134
自由飞翔	135
算计	136

喂狗	137
男友	138
无奈	139
知己	140
酸辣货	141
未来黑科技	142
先人故事	144
老石端砚	146
计谋	147
花和土	148
石瓜	149
一个同学一段故事	151
叹玉	152
夏雨图	153

衣架和女人

女人穿上漂亮衣服好看，但"穿上"漂亮衣服好看的未必是女人。

衣架就是。

服装店里一个衣架成精了，居然能跟男人说悄悄话。

一对夫妇买衣服，那个衣架突然低声对男人说："你老婆穿衣服还没我好看呢，一点儿都不风骚。"

男人吃了一惊，瞪眼看着那个衣架。

"还真是，"男人想，"衣架'穿'衣服真完美。"

那个衣架对男人妩媚一笑。

那对夫妇把衣服跟那个衣架买回了家。

那个衣架美极了，以为自己的浪漫生活从此开始了。

衣架万万没想到，自己一到家就被挂进衣柜里，被打入"冷宫"，以后很少抛头露面，更甭说跟男人风骚了。

说到底，衣架终归不是女人。

跟衣架"风骚"的只能是挂衣杆。

梦里梦

梦里他写了一本书，获了文学大奖。

他乐得直流哈喇子。

有人请他介绍写作经验，他语重心长地说："注意题材，别啥题材都写，只写精品题材。还有，要少写、慢写，沉淀再沉淀，优秀作品不是一朝一夕写出来的。"

那人请他说具体点儿。

"我没说清楚吗？"他生气地说，"要不是我今天高兴，我都懒得搭理你！我再说一遍，一是选精品题材写，二是先沉淀再写，三是不要急于求成……"

那人没等他说完便插话说："'沉淀'是啥意思？是停停放放的意思吗？听着像蒸包子，先发一发、醒一醒……"

他大怒，醒了。

他坐在床上吼："你竟这般无理！我要禁你言，永久禁！"

他娘吓得赶紧探探他的额头，说："我的儿，你说啥胡话呢？"

他这才真的清醒了。

他忽然想起丁玲好像提过"一本书主义"。

啥意思？他不知道。

他下意识地用手使劲儿抹下巴上的哈喇子……

精神决裂

一个风和日丽的日子，他做出一个痛心的决定，伤感不已。
他决定把老婆当外人处。
他不是有外遇了。
他是个很保守的人。
他为人处事特较真，大小事情都较真，过分较真。
几十年的夫妻生活，他已悟出自己的缺点，但本性难移，一直没改。
很多纠纷、拌嘴、生气，都因为家庭琐事。
事不论大小，总有起因，总有对错，总有责任。
但他老婆不善讲理，不爱讲理，根本就不讲理。
他老婆的口头禅是："家不是讲理的地方。"
他特不理解，家为啥就是耍无赖的地方？
经过无数次争吵，他终于痛下决心，不再跟老婆讲理。
他在外是老好人，从不与人计较对错，人缘很好。
他决定把老婆当外人处，在家也做老好人。
他很难接受自己的心理变化。
他痛苦得几乎落泪。
他内心波澜起伏，表面平静如水。
他跟老婆的关系正一天天发生变化。
疏远感、陌生感、和平感、解脱感，背离人性和家庭并没有让他感到痛苦。
他把那个风和日丽的日子，视为"精神离婚日"。
他正逐步成为"家庭老好人"。
他开始喜欢独处……

朕的故事

荒野丛中，杂草根下，有一具干瘪的蚁尸。

一个蚂蚁认出了他。

那个蚂蚁说："朕死在这儿啦！"

"朕是谁？"另一个蚂蚁问，"你认识他？"

那个蚂蚁开始讲述朕的故事。

朕本是一只工蚁。他虽然没有生育能力，却萌发了性意识。

他野心勃勃，想做蚁皇，还想凌驾于众雄蚁之上，独霸蚁后。

他为此终日苦恼，唉声叹气。

一日，他听说"朕"是人类皇帝的自称，喜不自禁。从此，他便自称"朕"。

独霸蚁后不成，快活一下嘴总可以吧。

他每次出巢，都要大喊一声："朕去也！"

每次回巢，也要大喊一声："朕回来啦！"

满巢蚂蚁都笑，但谁都不知"朕"是何意。

蚁后和众雄蚁也纳闷儿。

蚁后命手下四处打探。

真相大白后，蚁后和众雄蚁勃然大怒。

众雄蚁咬牙切齿："弄死他！碎尸万段这奸贼！"

兵蚁把他驱逐了。

他开始流浪……

评字

他是某文化单位行政干部,擅长书法。

单位举办书法展览,有人问他谁的字好。

他笑而不答。

一再追问,他笑着说:"评字好赖,自古有四个标准。一是谁官大谁字好,二是谁能给利益谁字好,三是谁关系近谁字好!"

"那四呢?四你还没说呢!"有人继续追问,"就这幅字你给评评,咱们新来的领导的字,好还是不好?"

他表情严肃地说:"好!这还真问到点儿上了。四是谁的字笔力劲健谁的字好。这跟职位、利益、亲疏没有关系。我认为咱们新来的领导的字遒劲有力,在这个展览上绝对一流!"

大家哄笑,都说他真会拍马屁。

他义正词严地说:"错!我都这把年纪了,马上就要退休了,我可不想晚节不保。我说话凭良心,我评的是字,不是其他。"

大家不再笑,抬头认真看字,频频点头,给他竖大拇指。

软雕塑

他去美国旅游一趟，在旧金山街头看见行为艺术，羡慕不已。回国后，他朝思暮想，夜不能寐。

某天，他在集市附近"行为"上了！他摆了个坐姿，两眼看天，一动不动。很快，他身边围了一大帮人。有人问他："你咋了？哪儿不舒服？"

他不回答，翻了个白眼，心想：你们这群大傻帽儿！没见过吧？这是行为艺术！这是"软雕塑"！我今天让你们开开眼！

另一个人说："这是半身不遂了！看，都翻白眼了！赶紧打120，晚了怕救不回来了！"

他在心里骂娘：谁半身不遂？你才半身不遂！不懂艺术真可怕！不懂就不懂吧，还出馊主意！打啥电话？

他身边围的人越来越多，大家都不逛集市来看他了。有人真给120打了电话。

当他被120的人放倒往担架上抬时，他突然蹬腿大喊："我没半身不遂！我在搞行为艺术！你们不懂别瞎来！"

大家着实被吓了一大跳，齐喊："他疯了！疯了！"

120的人又给110打电话。他终于被弄走了，也不知是去了医院，还是公安局。他的"软雕塑"，先引起一场骚乱，后成为一场笑谈。

事后，顽童们只要想出风头，就会调皮地摆出他的坐姿，两眼看天，一动不动，嬉闹一阵子……

梦非梦

她明知道自己在做梦,却仍想把梦做下去。她跟女儿做游戏。"布娃娃跳舞呢,好不好看?"她问女儿,"你渴不渴、饿不饿?"

"不渴,不饿,"女儿说,"妈妈,我想要一个大的布娃娃。"

她喃喃地说:"好的,妈妈明天就给宝宝买一个大的布娃娃!"

丈夫轻轻地拍打她。"睡觉,"丈夫说,"你又做梦了!"

她叹息一声,接着做梦。"我现在就想要一个大的布娃娃,"女儿说,"我不想等到明天!"

她忽然坐起身,问丈夫现在几点了。

"半夜,天还没亮呢!"丈夫说,"干啥?"

"具体几点?"她继续问,"天快亮了吧?"

丈夫看看表,告诉她3点。她不再说话,躺下半睡半醒到6点。

她早晨6点半拉着丈夫出门,一路走到商场门口,等到8点半第一个走进商场,给女儿买了一个大的布娃娃。回到家,她把布娃娃放女儿在世时睡的小床上。她上床就睡着了。

她在梦里对女儿说:"妈妈把大的布娃娃放在你床上了,你看见没?"

她在梦里看见女儿笑了。她也笑了。

丈夫给她盖好被子,上班去了。

她精神恍惚在家休养,丈夫要独自一人把家支撑起来。

幽默传播

他大清早一出门，就哼哼唧唧地唱："今儿早晨在上房，我挨了一顿臭揍啊哈啊哈啊……"

他老婆追到大街上喊："闭嘴！别瞎咧咧！知道的说你是戏迷，不知道的还以为我是悍妇呢！"

他瞪眼，跺脚。"可恶！你把我的好心情弄没了！"他也喊，"谁跟你一样傻？"

邻居老赵乐得咯咯笑。

"这两口子真逗！"老赵说，"时不时就演一出小戏。"

"去去去，一边儿待着去！"他瞥一眼老赵说，"哪儿都有你，这戏不是给你唱的。"

好几处犄角旮旯发出咯咯的笑声。

他转头瞧，没看见人。邻居们隔窗、隔门，甚至隔墙都听见了，都在屋里笑。

他晃晃悠悠走远了。

忽然，有人在他身后学他唱："今儿早晨在上房，他挨了一顿臭揍啊哈啊哈啊……"

他耳朵尖，听出一个字不对。他转身朝后大喊："错！不是'他'，是'我'！"

整条街都笑翻了！

缺心眼儿

一个月内,他老婆被院门外的一块大石头连绊了三个大跟头!

他气哼哼地说:"一回意外,二回傻,三回缺心眼儿!"

"你没人味儿!"他老婆吼,"我就不信你没失手的时候,等着!"

他一连三十年天天做饭,他老婆做饭的次数,不及他百分之一。

他做饭从没失手过。

一天,他的手指被菜刀意外划伤。

"活该!"他老婆说,"你也有今天!"

他用鼻子哼他老婆。"你这才叫没人味儿,"他说,"是人难免出错,但不应该在同一问题上连续出错,否则就是缺心眼儿。三十年来,我这是第一次划伤手。"

他老婆不吭声了。

但他老婆就是不承认自己缺心眼儿……

仙踪

某单身的画家在山里购一小院隐居,作画之余种菜种粮,自给自足。

一年后,他感觉身体不适,自忖:山里空气清新,菜粮无害,心里平静,应该身体健康才对呀!

无奈,画家进城看医生。

经严格检查,画家的身体并无不正常指标。

医生分析,可能是画家已习惯食用被农药污染的菜粮,乍食无污染之菜粮,不适应。

医生建议,要么回城"食污",要么坚持返璞归真。

画家当然选后者了。

又一年后,医生忽然想起画家久无音信,便致电询问其身体状况,关机!

医生恐画家在山里独居遭遇不测,于是打电话给公安局,说怀疑有人失踪。

接电话的警察笑呵呵地说:"此等早有先例,山里多一个,城里少一个,查他作甚?"

话虽如此,但公安局不久还是给了医生明确答复:勿忧,画家安然无恙,且偶有佳作问世。原来,画家卖掉原来的小院,搬进深山大院,在家除种菜种粮外,还种花、种树、养鸡、养猫、养狗,宛若先民,读书作画,与世无争,拒不见客,故世上似无其人,却偶见其画……

医生羡慕,赞叹不已。

灰色幽默

有个傻子,原地踏步,狂甩胳膊。

热心人给他喊号子:"一二一!一二一!"

他却喊:"咦?咦?咦?咦?"

热心人说:"不是咦,是一二一!一二一!"

他停止踏步,说:"我知道一二一!一二一!我不傻!我是奇怪,我的右胳膊甩起时,我的左胳膊哪去了?我的左胳膊甩起时,我的右胳膊……"

傻子还未说完,热心人便哈哈大笑。

"别笑!我问正事呢,你知道是咋回事吗?"他喊,"你这傻子!无端打断别人说话,是很不礼貌的行为。"

热心人不喊"一二一!"了,一边转头一边喊:"咦?咦?咦?咦?"

他大笑,说:"原来你跟我一样,也不知道!"

热心人使劲儿点头,然后又摇头说:"我点头是肯定你的智商,我摇头是否定你的判断。"

他听不懂,也不屑听懂这类弯弯绕的话,唯有狂踏步、狂甩胳膊而已。

恼羞成怒

他搬砖头，一不小心，把脚砸了。

有人嘲笑他："这叫搬起石头砸自己的脚。"

"不是石头，是砖头！"他吼道，"你有没有文化？连石头和砖头都分不清！"

那人大笑。

"意思一样，何必较真呢？"那人说，"还扯到有没有文化上了，你才没文化！"

"我还就较真了！"他怒道，"石头跟砖头一样吗？说！"

"不一样，但意思一样！"那人说，"你没抓住重点！"

他更怒了，捋起袖子要跟那人大战三百回合。

那人撒腿就跑，一路跑，一路狂笑……

遐想

他是农民,种了一辈子玉米。

一天,儿子对他说:"播种和收获要是在同一季节就好了。"

他问:"怎么个同一季节?"

儿子说:"春天播种,春天收获呀!"

他瞪大眼说:"那么长?整整一年?"

儿子大笑说:"啥整整一年,是同一年!"

他惊呆了。"变戏法呀?"他说,"把种子播下去,一浇水,老玉米就噌噌长出来了?"

儿子又大笑。"为什么是老玉米?就不能是桃子或西瓜吗?"儿子喊,"您就知道老玉米,真是个土老帽儿!"

他彻底蒙了。他沉思一会儿说:"好像《聊斋志异》里有个故事,跟你的想法吻合……"

儿子忙问:"《聊斋志异》是本啥书?"

"写妖写鬼的书,"他说,"看以后科技发展吧,没准儿还能超越聊斋故事呢!"

儿子眯起眼睛开始遐想……

他翻着白眼跟着遐想……

自觉

他常自夸是勤奋人。

他不仅写微型小说，还做家务。

他干活儿时经常忙里偷闲地记灵感，因为灵感这东西，一旦错过就找不回来了。

他女儿在家里读书学习，几次恰巧看见他做家务时写东西。

他女儿跟他老婆告他一刁状："我爹干活儿时老偷懒！我几次看到他干活儿时偷偷地写些什么。"

他老婆数落完他数落他女儿："你读书学习时还观察你爹，不够专心啊。"

他适时反击："对，对，你是咋读书学习的？两只眼睛，一只看书，一只分心管闲事，怪不得进步不快呢。"

他女儿争辩，大谈读书学习的收获。

他听不懂，他老婆也听不懂。

听不懂自然不理解他女儿的进步有多快。

他女儿为此郁闷不已。

其实，读书学习也好，写作干活儿也罢，尽心尽力足矣。别人的评价分析着听，不必太介意。

补牙

牙疼得厉害,他去看医生。
医生说是牙龈炎,牙上有个洞。
"那快治疗呀!"他说,"疼死我了!"
医生说需要先吃药消炎,消肿后再补牙。
他赶紧回家吃药消炎。
一周后,牙龈消肿不疼了。
他动摇了补牙的决心。
不疼就得了,非补它干啥?又不妨碍吃喝!
一个月过去,挺好。
两个月后,牙又开始疼,还是原来的地方,他半张脸都肿了。
他赶紧吃药消炎。
牙龈消肿后,他去医院补牙。
医生夸赞他积极的治疗态度。
他点头微笑,赶紧走开。
他怕走慢了被医生看见他通红的脸。

味道升华

母亲说要炖排骨,她赶紧说多放蘑菇。

她喜欢吃排骨汤里的蘑菇。

"你去泡点儿干蘑菇吧,"母亲说,"你也大了,应该干点儿家务活了。"

她不太情愿地去泡干蘑菇。

忽然,她大叫一声:"哎呀,干蘑菇坏了,一股臭脚丫子味儿!"

母亲哈哈大笑,说:"干蘑菇就这味儿,没坏!"

她使劲儿撇嘴。

她泡一把干蘑菇,眉毛拧成麻花。

中午,母亲把一大碗炖好的排骨端上餐桌。

她顿时食欲大开。

她吃一口排骨,真香。

她看一眼蘑菇,心想:这真能吃吗?真没想到香喷喷的蘑菇竟有股臭脚丫子味儿。

她夹起一个蘑菇闻闻,不臭反香。

她把蘑菇犹犹豫豫地放进嘴里,刚嚼一口,嗓子眼忽然一挤,蘑菇滑进了食道。

就是这个味儿!

她一发而不可收了。

她把排骨、蘑菇、海带、粉丝、白菜叶,一股脑儿塞进口中,再也不琢磨臭脚丫子味儿了……

蠢猾

她炒菜忘放盐了。

丈夫吃一口菜,笑着说:"吃多盐对身体不好,可盐太少也不成啊。"

她脸一红,赶紧尝一口菜,端起菜盘回锅去了。

她心想:这书呆子!啥盐太少,我根本就没放盐。

在单位,她把丈夫的事当笑话,讲给赵姐听。

赵姐笑过后说:"我说句话你别太在意啊。虽然我只见过你丈夫两面,但以我对你丈夫的观察,你丈夫是个既有涵养又善于给人留面子的人,他未必就如你所想,真没吃出你压根就没放盐。"

她愣怔了一会儿。她仔细想想丈夫平日的为人和脾气秉性,赵姐说的还真有道理。赵姐好用心啊!

她心里咯噔一下,顿时心惊胆战:只见过两面,居然比我更了解我丈夫。好家伙,这要多见几面,还不得跟我抢男人呀!

从此,她的智商虽没见长进,对赵姐的戒心却多了几分。

天助

他家住别墅,大院子,种了很多花和树。

秋天,老婆一声令下:该剪花枝、树枝了!

上午,他剪了两个小时。

做饭是老婆的事,但他负责蒸米饭、择菜、洗菜、切菜,还要把葱、姜、蒜备好。他忙一个小时,老婆炒一刻钟。

午饭后,他本想小憩一会儿,老娘又来电话了,絮絮叨叨了40分钟。为尽孝道,他耐心陪聊。

放下电话,他收枝成堆,抱起树枝、花枝扔进院外垃圾箱,干了一个小时。

扫叶、扔叶更麻烦。小风一吹,劳动成果归零。

他又忙活了一个小时,累得满头大汗还没收拾完。

正当他愁眉不展时,大风骤起,满院叶子随风而散,藏匿于花丛树丛中不见了。

他大喜过望。

"真天助我也!"他喃喃自语,"老天爷你咋这般好呢?"

头顶传来"呀"的一声响。

他知道是老婆检查完他的工作关窗。

没听到老婆惯常的抱怨声,他如释重负,继而叹息。

老天爷虽好,但"天助"只是偶然,"无助"才是常态。

心灯

天冷风疾，黑暗中伸手不见五指。

他走夜路，手执灯笼。

他碰见一个盲人，也手执灯笼。

他笑着问："先生，我手执灯笼是为照路，您手执灯笼为何？您有手里的盲棍已经够了。"

盲人微笑着说："为照我自己呀！您如果走着走着，眼前突然出现一个黑影，岂不吓一跳？"

他哑然，无言以对。

二人擦肩而过。

他越走越觉得盲人真了不起，手执灯笼不为自己，而为别人。

他转身给盲人深深鞠了一躬。

年轻的心

公园里举办"相亲会"。

年轻人不少。

他俩也在其中。

他俩本都有寻求配偶之心。

她唱歌："春天里那个百花香……"

他接歌："郎里格郎,郎里格郎!……"

她瞪他一眼。"你谁呀?我不认识你。"她说,"别起哄!"

他也瞪她一眼。"嘿!这我就不懂了,我是谁并不重要,我咋起哄了?"

他说："为啥你唱歌叫'唱歌',我唱歌就叫'起哄'呢?"

她喊："你没经我同意,接我的歌就不行!"

他也喊："我接啥了?啥是你的歌?我唱'郎里格郎',哪个字是'你'?哪个字是'接你'?"

他俩小吵一场。

不了了之,特没意思。

他俩就像在十字路口相遇的两条狗,互相瞪一眼、吠两声,然后擦身而过,此生永不相见。

他俩真为唱歌吵架吗?

非也!

那为啥?

败

胖瘦二傻,力大过人,目空一切,都号称力气天下第一。

他俩掰腕子,平手。

谁都不服谁。

瘦傻说:"其实我赢了!我体重轻,你体重重,你跟我掰平手,所以你输!"

胖傻说:"扯!掰腕子又不是摔跤,还分轻重呀。"

他俩争论不休,找一老者评判。

老者打算逗他俩一下,说:"你俩这是干啥?争天下第一吗?第一又咋了?要论力气天下第一,有个人,你俩永远比不了。"

"谁?"他俩异口同声问,"我俩跟他比!"

"项羽,楚汉相争时的楚霸王项羽!"老者继续胡诌,"他能双手抱屁股,自己把自己举起来,你们试试。"

他俩双手抱自己屁股,半天也没把自己举起来。

他俩面面相觑,转身看向老者。

老者叹口气说:"你俩就别不服气了!举起来又咋样?项羽能把自己举起来,最后不也败了吗?何况你俩!"

他俩瞪大双眼,一脸茫然。

悟去吧,也许永远悟不明白,真悟明白就不傻了。

逗自己笑

他面相显老，60岁的人看起来像70岁。

每次人家问他岁数，他回答60岁时，对方便报以同情的微笑。

他心里郁闷。

忽一日，他灵机一动，撒谎说他70岁。

对方一脸惊讶，说："不像不像，真不像，您看上去顶多六十出头！"

他灿烂开心地笑。笑过后，他自嘲地想：我这是逗自己玩呢，真是自欺欺人。

他反思：60岁还是60岁，70岁相还是70岁相，自己的心情为啥要被别人左右呢?

他释怀了：管他呢，活着只要开心就好。

他活着，60岁，70岁相!

猫上墙

他一直纳闷儿：家里的猫是咋上院墙的？

院墙可不低啊。

他家的猫经常卧院墙上晒太阳，那里阳光充足，还不受狗骚扰。

忽然有一天，他发现猫上墙的秘密了。

他家院墙边有一棵4米高的丁香树，距离院墙至少有2米，猫朝那棵树冲刺，然后顺着树干往上爬，爬到高于院墙处，纵身一跃，轻松上墙，真是轻车熟路。

这一连串动作，只一眨眼工夫。

他继而想，猫又是咋下墙的呢？

他取一根香肠逗猫。

猫下墙就更利索了，只见它前臂伸直、下探，撅臀一出溜就下来了，就像伸个懒腰一样简单。

狗气哼哼地跑过来跟猫抢香肠。

猫叼着香肠冲刺，爬树，跳，又上院墙了。

创意

他去北京市通州区宋庄镇画家村看艺术展览。

一件作品引起他的兴趣。

一根锈迹斑斑的钢筋上挑着一块水泥疙瘩,那水泥疙瘩被颜料涂抹成莲蓬,那根锈钢筋自然就是荷秆了。荷秆下端插在一坨干涸的池塘泥状的水泥里,泥面上还有干枯的、短短的芦苇秆和水草秆。

忽然,他看见泥面上有一些模糊的痕迹。

他俯下身看。

一位女士咯咯笑了起来。

"看不到了,被老鼠吃掉了!"那位女士说,"原来有两条小干鱼,为增加深秋萧瑟的气氛。送展前晚还在呢,送展那天早晨就没了。"

他哈哈大笑。

那位女士是作者。

他们握手结识。

他离开后想,艺术创作的"水"真深,艺术无处不在,就看人有没有一双发现艺术的慧眼了。

对爱情专一的人

他在她面前标榜自己是"对爱情专一的人",特意说他手机号10年不变,以为佐证。

她嘲笑他身份证号还29年没变呢!

他一时无语。

稍后,他问她:怎样才能证明"对爱情专一"?

"用你的行动呀,"她说,"手机号10年不变,可能是因为利益关系、供销关系,比如为推销啥的。"

"我不是推销员!"他喊,"我'对爱情专一',只为追你!"

"坦诚,直爽,谢谢!"她说,"我知道你不是推销员,但你三个月前追求过我姐,这咋解释?你对爱情专一吗?"

他愣住。

他忽然记起三个月前,他曾追过另一个女孩儿,顿时满面通红。

他无言走开。

他愤愤地想:那女孩儿原来是她姐,真可恶!她俩长得不咋像啊……三个月前她姐哪怕对我有一丁点儿好感,我能忘记吗?今儿点儿真背!

胖姐三笑

她是个胖姑娘，体重180斤。

她结识了一个学画画的小伙儿。

小伙儿给她讲唐朝的故事。

"唐朝崇尚胖，以胖为美。"小伙儿说，"唐朝的武士是大胖子，唐朝的美人是大胖子，就连唐朝的马都是圆胸大屁股的肥马。"

她"扑哧"一声笑了。

小伙儿立马不谈唐朝了。

不久，她又见到小伙儿，又对他笑了一下。

小伙儿心里咯噔一下。

她第三次对小伙儿笑时，小伙儿赶紧表明"立场"，说："胖姐，别这样，我不是唐伯虎，我承受不了你的三笑。"

她问："唐伯虎是唐朝人吗？"

他说："不是，唐伯虎是明朝人。你把唐朝忘了吧。"

她恨恨地说："那你提他干啥？逗我玩吗？滚！"

小伙滚了。

她把小伙忘了。

但是，唐朝之美永远留在她心里……

万花筒

妹结识了一个小伙儿。

那小伙儿送给妹一个万花筒。

妹问:"这是啥?"

那小伙儿说:"你把眼靠近小孔往里看!"

妹大喜过望。

"哇,好精彩啊!"妹惊喜,"真神奇!"

妹把万花筒转了一下,眼前出现又一幅神奇的景象。

妹再转,再转……

哥困惑。

哥抢过万花筒看了一眼。

哥也看呆了。

哥稍后问妹:"你觉得是万花筒好看,还是那小伙儿好看?"

妹思索一下说:"还是万花筒好看!那小伙儿再好看,也就一个模样。万花筒千变万化,永远不重样。"

哥点头。

哥浮想联翩。

微刀故事

他不是武林中人。

但他是真正的功夫高手。

他姓甚名谁、出身来历,无人知晓。

他就像幽灵,来无影去无踪,神出鬼没。

他使微刀天下一绝。

他有三把微刀,每把一寸长,比"小李飞刀"还小,使得更是出神入化。

他使微刀从不磨叽,每招每式都直取要害,干净利索解决问题。

没人能躲过他的微刀:单刀三招内必死,若三刀齐发,一招毙命!

他的三把微刀都放在一个牛皮刀匣里,别在腰上。

没活人见过他使微刀。

因为见过的人都死了。

也没活人敢见、想见他使微刀。

他早就没对手了。

久而久之,他和他的微刀成为一个神话传说。

有人说,真正的仙并不在封神榜上,这是对的。因为封神榜上的神都是被人杀死的有名有姓的高手,而那些"肉身成圣"的仙,是不齿于榜上留名的。

两个枪王

他姓李，使一杆丈二红缨钢枪，威风凛凛，方圆百里无人能敌，人称李枪王。

忽一日，他听说百里外有个金枪王。

他心里不服，欲前往比试。

有人劝他慎重。

他犹豫不决。

一日酒后，他把心一横，提枪上路。

他找到了金枪王。

他很诧异。

金枪王不像习武之人，举止温文尔雅。

他说明来意。

金枪王半晌才反应过来，说："咳，是个误会！我这'金枪王'不是武林中的枪王，是京剧舞台上的枪王。要比试，咱俩上舞台耍花枪，看谁观众多！"

他笑岔气了。

他跟金枪王到底比没比试没人知道，但他没说赢了金枪王，回家后闭口不谈此行内容，特别低调。

看来大凡称王者，必有过人的本事，都不可小觑。

比斧

他使一柄开山巨斧。巨斧门扇大小，舞起来虎虎生风，片刻间飞沙走石，令人胆战心惊。

他遇见一个玩飞斧的，两把小斧只有巴掌大小，别在腰上。

他笑问："你的飞斧就算使得出神入化又奈我何？我的巨斧舞起来滴水不漏。"

他要和对方比试比试。

"比不得，比不得！"对方说，"我跟你无冤无仇，焉能伤你性命？"

他以为对方胆怯，执意要比。

对方无奈，建议双方在脖后插一根木棍，高出头一拳，以砍掉木棍一拳为胜。

他接受。

比试开始。

他抡圆开山巨斧，掀起一股狂风，几乎把对方撂倒。

对方仓皇跳出圈外。

他刚欲追，对方喊："你已输，承让！"

他赶紧摸脖后木棍，已被对方飞斧削去一截。

围观者叹息："神不知鬼不觉，眨眼间就输了，真不过瘾！"

幸亏是比试。

要真厮杀，他早就人头落地了。

生命力

他60岁,腿老抽筋,走路脚还疼。

他买了一个木盆,想坚持每天用热水泡脚。

他坚持一个星期就烦了。

为防止木盆干裂,他在木盆里放满水。

忽然有一天,盆底外沿长出一朵蘑菇!

他感到惊奇。

"木头的生命力太顽强了!"他想,"木头经过砍伐、烘干、加工,居然还能长出蘑菇。"

他在心里给木头竖大拇指。

他想想自己,更是觉得惭愧。

人老了,咋意志也懈怠了?

他使劲儿捶大腿。

那天晚上,他又开始泡脚。

他发现木盆边有水渗出来。

木盆裂了。

"这……这是嘲笑我吗?"他想,"这木盆啥质量?破玩意儿!"

他又买了一个搪瓷盆。

他暗下决心,一定得坚持下去,要是搪瓷盆再长出蘑菇,他的意志懈怠就没法治了。

远虑

她家养两只猫。

公猫纯黑色，母猫纯白色。

母猫生了四只小猫，一只纯黑色，一只纯白色，一只纯黄色，一只黑白黄杂色。

她很诧异。

她问丈夫："黄色基因是从哪里来的？"

丈夫抓耳挠腮说："可能从母猫父母或祖父母那里继承的吧？要不就是母猫还跟某只我们没见过的黄公猫有染。"

她暗暗倒吸了一口凉气。

她心里咯噔一下。

她不再聊这个话题。

她突然想到人的遗传基因跟猫类似，相貌、性格、体魄等也会如此。基因突变就像定时炸弹，会在人意想不到的时候发生。

她战战兢兢。

谁能先天绝对没有身体、心理和行为缺陷呢？她决定过好每一天，把每一天都当人生末日过。

她对丈夫、孩子温和善良，对长辈尊敬有加，跟亲戚、朋友、同事、邻居和睦相处。

她是个知足安静、温柔平和、沉默寡言的中年妇人……

梦中童话

他在梦中欣赏一幅巨幅油画——一条巨蟒,尾巴缠住参天古树的树梢,身体沿树干滑下去,头已经垂到地面了。

他起了一身鸡皮疙瘩。

他从蟒头方向看过去,在不远处的小河边,一个妇人正在洗澡。

太危险、太恐怖了!

他情急之下忽然变作一只小鸟,飞到那妇人身旁喊:"快逃命呀,巨蟒来了,会吃掉你的。"

那妇人一把抓住他说:"小呆子,这不过是一幅画罢了,那巨蟒几百年来一动不动,咋吃掉我?我倒要吃掉你,因为你偷看我洗澡。"

他惊出一身冷汗。

"可是……可是你动了呀,"他战战兢兢地说,"你不也是画的一部分吗?你动了,它为啥就不能动呢?你快逃命吧。"

那妇人倒吸了一口凉气。

就在那妇人松开手的一瞬,那巨蟒把她吞了。

他飞起来。

他醒了。

草说话

他去看心理医生。

他请医生诊断一下自己是有特异功能还是幻听。

他说："我能听见草说话，真是奇了！"

"草？草能说话吗？"医生诧异，"草说话啥声音？"

"跟人一样！"他说，"那天我拔草，我听见高草说：'要命的来了！'还听见小草说：'终于见到太阳了，真舒服！'开始，我还以为是我幻听呢，等我拔小草时，小草大喊：'我还没长大，求你别拔我。'"

医生瞪大双眼，摇头微笑。

"所谓'禽有禽言，兽有兽语'，这还勉强说得通，但草说话我还是头一回听说，你居然还能听得懂！"医生说，"你除拔草外还干啥？谈谈你常干的事。"

"也没啥特别的事……除做家务外，我还读书，童话、寓言我都读。"他说，"但这跟读书没关系，我真的能听见草说话。"

医生建议他注意休息，多跟人沟通，少琢磨草的事。

医生诊断不出他是不是有心理或精神疾病。

医生只说他正处于心理或精神亚健康状态。

他天天坐在草地上观察、冥想。

草有时说话，有时不说话，有时欢笑，有时哭泣。

他正尝试跟草沟通、交流，把他的思想、见识讲给草听……

抽烟

30年前,有过滤嘴的香烟很少,一般人抽不起。

他不抽烟,也不会抽烟。

但是,一次参加宴会,他酒后忽然起了想抽一支烟的念头——不会抽烟的男人多没男子汉气概呀!

一位女士递给他一支香烟,并且很殷勤地替他点火。

那位女士点半天,他吸半天,也没把烟吸着。

他纳闷儿是那位女士点烟技术不行,还是他吸的劲小了。他正鼓足劲猛吸,忽听一位男士喊:"喂,干啥呢?过滤嘴都烧煳了,烟叼反了!"

他和那位女士恍然大悟。

众人大笑。

他窘得满面通红。

那位女士赶紧给他换一支香烟。

他说啥也不抽了。

既然不会抽烟的真相已经大白于天下,再抽也没男子汉气概了。

宴会没结束,他就溜走了。

一点通

他跟夫人逗闷子。

"'一个巴掌拍不响'这句话还真有道理。"他说。

夫人愣住。"啥意思?"夫人问,"你咋平白无故说这个?"

"没事闲聊呗,"他说,"不过呢,也不完全是平白无故,我想起个故事……"

"啥故事?"夫人又问,"说说呗。"

他停顿了一秒钟。

"我们单位的小刘特逗,老说当初她爱人死追她……"

"女人常这么说。"夫人说,"不过实际情况也往往如此。小刘还说了啥?"

"也就说她一时心软,一失足成千古恨。"他说,"我就不明白了,先表白又怎么了?捅破窗户纸这事,两人总不能一起喊'我来捅破窗户纸'吧?谁先捅破这层窗户纸都无所谓,关键是捅烂了还是一拍即合。只要两个人走到一起,就是半斤八两,就是一个德行,捅的和不捅的都是一路货色。"

夫人大笑。他不再说话。

夫人一直琢磨这事。

忽然有一天,夫人想明白了,他俩当初就是他追她。

夫人想:我难道曾经伤过他的自尊心吗?他这是在讽刺、奚落、挖苦我呢,这可恶的家伙!

夫人找了个借口,"莫名其妙"臭骂了他一顿。

他心里明白为啥,只嬉皮笑脸,不搭话。

就跟当初捅破窗户纸一样,他俩心里都明白。

一毛钱的故事

他午睡时听见有人吆喝:"修铁锅,换锅底……"

他心里明白他在做梦。

多少年没人这样吆喝了。他想,这行当早消失了,现在铁锅都是直接铸造的,锅底没法换。

他接着睡。

"修铁锅,换锅底……"他又听见吆喝声,而且比刚才更清晰更响亮,"真不好意思,没零钱!"

他猛地睁开眼。

床边站着一个老人。

眼熟。他问:"您是?"

老人点头微笑说:"我要走了,走前特意来谢你,你是个好孩子,好人一生平安!"

他认出来老人是沿街叫卖的手艺人,他换锅底时没收老人本该找给他的一毛零钱。30年前的事,他几乎忘了。

他从床上坐起身,老人一下消失了!

是做梦还是幻觉?

他掐自己的大腿,疼!

他喃喃自语:"这老人是来告别的,既是幻觉又不是幻觉,天下的事有时真的没法解释……一毛钱也不是啥大事,老人居然记在心上。"

他百思不得其解:老人叫啥?住哪儿?是咋找到他的?

他暗暗祈祷老人一路走好。

贼和强盗

半夜，贼入室盗窃，得手后携赃逃走。

失主发现后，立即追赶，将贼擒获。

贼挣扎，欲弃赃再逃。双方正拉扯，忽一壮汉出现，将贼制服。

壮汉问："发生何事，动手动脚？"

失主说："他进我家盗窃，赃物在此！"

壮汉问贼："你可承认？"贼不语。

壮汉又问失主："何以证明这是你家失物？"

失主说："这些物件都摆在我家大厅桌上，这包袱用的还是我家桌布呢，邻居可以作证！"

壮汉厉声喝问贼："他说的可属实？"

贼磕头如捣蒜："好汉饶命！我再也不敢了！我家穷得叮当响，眼下实在揭不开锅了，方出此下策……"

壮汉大吼一声，抡圆铁拳照贼头顶就是一击，贼立马七窍出血而死。

失主大惊。"天啊！咋杀他了？"失主说，"盗窃罪不至死啊！"

壮汉瞪眼怒喝："他的死还不是怪你？你成全他盗窃。你家为啥不锁门？"

失主说："锁了！"

"啥破锁？"壮汉质问，"能被贼捣鼓开的锁还叫锁吗？你的失误导致贼盗窃成功，你也有罪！"

失主惊愕。

就在失主愣神之际，壮汉抓起包袱一溜烟跑了。

失主瞠目结舌，疑在梦中。

蝎子

他原以为蝎子是凶猛的动物。其实不然，蝎子凶而不猛。

他家院子里有棵枣树，枣树上有只蝎子。

一天，他发现枣树上有只蚂蚱在跟蝎子对峙。

蚂蚱向前一步，蝎子便后退一步；蚂蚱摆动触角，蝎子又后退一步；蚂蚱抖动身体示威，蝎子摇晃双钳回应，还后退一步。

蚂蚱厉害呀！他想，真出人意料！

他替蝎子脸红。

蚂蚱弹动后腿，好像要踢蝎子一脚。

他险些笑出声来。

这有用吗？他想，蝎子在前边又不在后边，真是花拳绣腿！

突然，蝎子以迅雷不及掩耳之势，用尾针蜇蚂蚱身体。

蚂蚱似一尊雕像不动了。

蚂蚱跟蝎子依然对峙。

许久，蝎子伸出一只螯肢触碰蚂蚱。

蚂蚱没反应。

死了？他想，怎么这么不堪一击？刚才的强横原来是虚的。

蝎子用双钳夹住蚂蚱尸体，大快朵颐。

他心里忽然产生一丝快意……

巧克力

他逛街累了，想坐下歇一会儿。

街边有个咖啡店，他进去。

他点一杯咖啡品着，有意无意扫视四周。

几个年轻人正在喝咖啡，嘻嘻哈哈闲聊。

他忽然想起女儿。女儿前天跟朋友聚会，也是在咖啡店里喝咖啡。

他不由得叹息一声。

他想起一件往事。

他小时候家里穷，没喝过咖啡，那时也没咖啡店，商场里只卖巧克力。他也没吃过巧克力。巧克力给他无限诱惑。

女儿3岁生日那天，他买了一块巧克力，闻了又闻，没舍得先吃。回家后，他掰一小块巧克力给女儿说："生日快乐！你尝尝这是啥好东西。"只两秒钟，女儿把巧克力吐地上哇哇大哭："药！恶心！坏爸爸……"

夫人对他一顿臭骂，训斥他浪费钱，不正经，不会过日子。

那天，他第一次品尝巧克力的味道。

那天的不欢而散，深深印在他的脑海里。

后来，不知过了多久，也不知从何时起，女儿和夫人也吃上巧克力、喝上咖啡了。她们没告诉他，没跟他解释过，更没跟他道歉过。

他想起一句话："家不是讲理的地方，是讲感情的地方。"

他苦笑。

"没错儿，家不是讲理的地方。"他想，"但家是讲感情的地方吗？"

他没感受到。

喝完咖啡，他又上街逛去了。

垂死挣扎

张老太家的小区绿化不错，种了不少树和花草。

张老太文化素质不高、道德修养不好，每日晨练都跟小树撅屁股蹬腿较劲，姿态颇不雅。邻居们私下里叫她"垂死挣扎"。

一天，小区物业管理员找到她说："您以后换个晨练方式吧，万一小树折断，您会摔伤的！"

她一听就火了。

她骂管理员多管闲事。

次日晨练，她刻意观察周围，没见管理员的影子。

她依旧我行我素。

不料事后管理员又来找她，提醒她不能伤害小树。

她没吭声，装聋作哑。

她寻思：怪了，管理员神了？我晨练时她还没上班呢。

她灵机一动：一定是刘老头告的密！我晨练时他在场，他看我的眼神不怀好意。

第二天晨练，她一边更疯狂地摇晃小树，一边含沙射影地骂刘老头。

刘老头鄙夷地对她说："你的德行还用谁去告密？你抬头看看那是啥？那是摄像头，你的一举一动都被录下来了，管理员在办公室里就能看到你。"她傻了。

虽然她不明白摄像头是啥原理，但她感觉不妙。

管理员又来找她，明确警告她如果屡教不改，将上报公安局追究她的民事责任。

她再也不敢了。

吃葡萄不吐葡萄皮

他吃葡萄从来不吐葡萄皮。

他特不待见"吃葡萄不吐葡萄皮,不吃葡萄倒吐葡萄皮"那句绕口令。

他反复强调:"凭啥吃葡萄一定要吐葡萄皮呀?这不讲道理!葡萄皮有很多营养,吐掉浪费,我就爱吃!"

他老婆白他一眼。

"何必跟一句绕口令较劲呢,你不是爱吃葡萄皮,你是抠门!"他老婆说,"除了荔枝皮、栗子皮,苹果皮、梨皮、桃皮、杏皮、李子皮、萝卜皮……啥皮你不爱吃?葱根、蒜根都有营养,要是葱根、蒜根洗起来不花水费,你一样爱吃!"

他一听就怒了。

他的脸窘成猪肝色。

他大声咆哮:"你把白的说成黑的啦!我那叫勤俭节约!居家过日子不省着点儿成吗?你少给我说荔枝皮、栗子皮、葱根、蒜根的废话!"

邻居大婶过来劝架:"哎哟,至于吗?为句绕口令吼成这样。"

他更不爱听了。

"您甭拿绕口令说事!这跟绕口令没关系!"他更凶地吼,"她变相撒泼撒野,拿荔枝皮、栗子皮、葱根、蒜根奚落我!"

他老婆把大婶拉开了。他继续吼。

他老婆小声对大婶说:"您甭搭理他。没错儿,他不是因为绕口令,是因为我说到他的抠门、小气之处了。他这副德行特叫人看不起,我真替他脸红。"

粥

他游山玩水时,路过一个庙,庙里有口石缸。

他问和尚:"这石缸是盛水用的吗?"

和尚说:"叫石缸也可以吧,但这是石锅,当年熬粥用的。"

他点头笑,忽然想起"僧多粥少"那个成语。

他又问和尚:"这一大锅粥够多少人喝?"

"十几人、几十人、上百人吧,"和尚说,"人多少喝点,人少多喝点。"

他再问和尚:"熬这一锅粥用多少米?"

"没准,"和尚回答,"米多多放点,米少少放点。"

他笑笑说:"米太少就不是粥而是米汤了。"

和尚也笑笑说:"穷的时候有米就是粥,没米汤之说。"

他沉默了。

他问最后一个问题:"熬粥的米洗吗?"

和尚笑。

他也笑了。

和尚说:"熬粥的米也不用拣石子、沙砾,石锅底有个小坑,水一开,渣滓都沉小坑里……"

他没问题了。

走出庙,他一路摇头、感慨、叹息……

表演

他妈死了。

他妈出殡那天,他捶胸顿足,哭得死去活来。

他妈但凡有一丝气,都能被他哭醒。

可惜他妈没醒。

好些围观的、不相干的人,劝他节哀顺变,人死不能复生。

他爸一直拿白眼看他,撇嘴。

买骨灰盒时,他说要买最贵的,应该让他妈风风光光地走。

他爸决定买一个比较便宜的。

他反对。

他爸把眼一瞪,说:"你给我滚一边去!现在装孝子,早干什么去了?我真替你害臊!买高档的是吧?好,你掏钱!"

他把脖子一缩,没吭声,然后假装委屈,溜了。

最终是他爸给他妈送行。

夫妻一场,倒比亲生骨肉情真意切,尽管骨灰盒不是最高档的。

愚蠢和衰老

她在水果鲜榨店工作。

她是个笨手笨脚的女人。

她刷盆洗罐只用手指甲抠、手掌抹，从不使用工具。

以她的智商，她使用不好工具。

她也打心眼儿里厌恶工具。

同事告诉她使用工具会提高工作效率，省工省力，还保护手。

她拒绝接受。

久而久之，她成为手脚粗糙、容颜衰老的女人。

一天照镜子，她忽然发现自己老了。

她恶狠狠地抱怨平日工作太辛苦。

同事提醒她，张姐、李姐、王姐、周阿姨、崔阿姨，都同样工作，都比她年长，都比她工作时间长，都比她水灵……

同事的话还没说完呢，她就怒吼："你给我闭嘴！我知道你又要扯到使用工具上去，我的老不是刷盆洗罐造成的！"

那是啥造成的？

她的智商肯定是原因之一。

低智商真会导致人衰老吗？

看来是的。

同事苦笑。

应该说，不全是刷盆洗罐造成的。同事想，是你方方面面的愚蠢综合造成的！

当然了，同事的话只藏在心里，没好意思说出口。

一棵香椿树苗

老苟站在他家院门口，贼眉鼠眼地喊他。

他走过去问老苟啥事。

老苟说："我看你家院里空地不少，可以种棵香椿树……"

他皱眉眨眼没听懂。

"可以……啥意思？我没想过。"他说，"我要想种早种了。"

"现在想也不迟呀，"老苟说，"我手里有棵香椿树苗，将来香椿叶咱俩平分。"

他还有点儿迷瞪。

"一棵香椿树苗能值几个钱呀？我买得起。"他说，"何必跟你平分？"

"我不是怕你一家人吃不了吗？"老苟说，"这样也显得咱两家关系好。"

"不用。"他冷冰冰地说，"我吃不了可以送人，比如送你。"

他把老苟气走了。

老婆埋怨他说话太生硬，街里街坊的，犯不着。

第二天早起，他和老婆去早市，经过街尽头拐角处的老赵家，听见老赵站在院里骂："谁这么缺德，一棵香椿树苗也偷！真不开眼，穷疯了！"

老婆一个劲儿看他，冲他吐舌头。

他耸耸肩说："不仅算计，还歹毒，偷别人树苗，种咱家院里，让咱背黑锅，他平分收获，真不是人。"

老婆气得咬牙切齿。

如此卖狗

他在狗市卖狗。

老王新买的别墅，院子很大，想买条黑背狗看家护院。

他只有大丹狗，没黑背狗。

他送老王一只出生20天的大丹狗崽。

"不要不要，大丹狗太笨了。"老王不满意地说，"我只想要黑背狗。"

他说："大丹狗不一定个个都笨，黑背狗也不一定个个都聪明，反正不要钱，你试着养养呗。"

老王一半为省钱，一半碍于面子，勉强接受了。

一晃8个月过去了。

那条大丹狗长得高一米、长两米，叫起来凶得很，令人心里发毛，看家护院还真唬人，可就是笨，四六不懂，整个一浑球。

忽然有一天，他到老王家诉委屈："哥，真不好意思，最近生意特不好，弟弟我赔了。但凡有一丁点儿辙，我也不会跟你要这800元狗崽钱……"

老王苦笑，给他800元。

他起身告辞。

老王没送。

小子和狗

他5岁,初懂人事,自以为狗事全知。

他养一条狗,很乖。

他让狗站,狗就站;他让狗卧,狗就卧;他让狗爬,狗就爬;他让狗跑,狗就跑;他让狗停,狗就停;他让狗躺,狗就躺;他让狗吠,狗就吠;他伸出一根手指"嘘"一声,狗就屏声息气。

他跟父母夸耀他的狗。

父母也点头认可。

一天,他坐在沙发上啃香肠,啃着啃着睡着了,香肠掉地上。

狗看看香肠,嗅嗅香肠,馋得直流口水。

狗把香肠吃了。

他醒后找香肠,没找着。

他看狗。

狗趴地上,神态安详,规规矩矩。

绝不是狗吃了!他想,也许猫来过,但没听见狗叫呀。

他宁可想象猫很狡猾,狗没看住猫,也绝不相信是狗把香肠吃了。

猫有那么大本事吗?

他百思不得其解。

其实,分析判断这件事需要很高的智商吗?

不需要,是他幼稚的心把他迷惑了。

猪说

她比较胖。

她特爱吃猪肉。

猪身上哪个部位、哪种做法,她都爱吃。

一天,她梦见猪对她说:"你早晚变成猪!"

她惊醒,问丈夫:"亲爱的,你说我爱吃猪肉,我以后会变成猪吗?"

丈夫说:"瞎扯!吃啥变啥呀?那人得变成多少种玩意儿。梦你也信?猪话你也信?梦能当真吗?还是梦里的猪说的,更扯淡了。你是人,你吃过人肉吗?你之所以是人,是你的遗传基因决定的,不是你爱吃人肉、吃过多少人肉决定的。豺狼虎豹吃过人肉的不少,也没见它们哪个变成人呀。"

她安心了。

她睡得更香了。

她任性地吃肘子、排骨、肥肠……

尽管她又胖了不少,但她还是人,没变成猪。

京爷和孙子

他在北京出生，在北京长大。

他一提到老家就一肚子气。

他受他爹连累，在家族里辈分很小。

那年回老家，爷爷奶奶非让他管一个岁数比他小、身子很单薄的小子叫六爷。

他的鼻子都气歪了。

"他？凭啥！"他恨恨地说，"就他那德行，当我孙子都不配！"

爷爷瞪眼。

奶奶急赤白脸地说："你不懂事！一路上你爹咋教你的？他岁数虽小但辈分大，快叫六爷。"

他气得大哭，就是不叫。

爷爷摇头晃脑地对他爹说："完了，家风坏了，你在北京挣俩钱，臭美得不行，看养的啥儿子！"

改天，他在院里碰见六爷。

他告诉六爷，他在北京有一大帮铁哥们儿，他是老大，是大爷！

六爷把小眼珠一翻，说："北京的大爷不好使，在咱家里，你就是孙子。"

他跟六爷拉扯起来。

他本想揍六爷一顿，不承想六爷个头虽小，力气却大，他没占上风。

以后，他再也不回老家了。

无常人生

他闲来无事，去公园溜达，带回一女友。

铭仔羡慕嫉妒恨。

"快给咱介绍介绍经验呗！"铭仔说，"你咋从不去公园，一去就带回一个？"

他坐下，点燃一支烟说："也没特意……我在树林里走，碰见她哼哼唧唧唱'树上的鸟儿成双对，地上的人儿配成双'，我就起哄说：'谁跟谁配成双？你不就一人吗？'我们就搭上话了，越聊越投机……"

"都聊啥了？说干货，"铭仔说，"别藏着掖着。"

他瞪眼，耸肩。

"没干货，或许句句都是干货，"他说，"我问她有男朋友吗？她说没有。我就毛遂自荐，于是我一句她一句，两人有说不完的话……"

铭仔问什么，他答什么。

忽然有一日，他在街上碰见鼻青脸肿的铭仔。

他惊问："咋了？"

铭仔不答，转身就走。

他追上去打听，原来铭仔学他去公园，见一女的在唱歌，也跟着起哄，没想到女的男朋友对他拳打脚踢。

泡泡和狗

他6岁生日那天，他妈送他一个吹泡器作为生日礼物。

他玩得好开心。

他把一滴滴肥皂水吹成大大小小的泡泡，泡泡随风飞舞，把他家的狗看得一愣一愣的，兴奋得汪汪直叫。

忽然，一个很大的、拉长的、泛着五彩光芒的泡泡，摇晃着、扭曲着，慢慢悠悠朝狗而去。狗大吃一惊，夹起尾巴就跑。

他哈哈大笑。

"至于吗？"他喊，"泡泡再大也不过是一滴肥皂水，能吃了你？瞧你那如临大敌的模样，真是胆小鬼！"

他妈也笑。

"狗可不是胆小鬼，狗是不知泡泡是啥玩意儿。在狗眼里，迎面而来的大泡泡就像一颗会飞的、变化的大石头，万一砸到它呢？"他妈说，"狗遇见蛇就比你勇敢多了，因为狗认识蛇，不论人或狗，只对没见过、不了解的东西胆怯、困惑。"

他点头醒悟。

他妈告诉他，小孩一定要好好学习，多明白事理，否则将来啥都不懂，就像这条不明白泡泡是啥的狗，丢人现眼事小，耽误前程事大。

他被深深触动了。

他不想将来做个又鲁莽又困惑的人，就像他家的狗。他要做个睿智、博学、勇敢的男子汉。

香和臭

她婚后不久，生了个儿子。

儿子一身奶味儿。

她越闻越喜欢。

可是，邻居赵婶老说儿子身上臭。

她百思不得其解，明明是香嘛。

她怀疑赵婶的嗅觉有问题。

夜里，丈夫要跟她亲热。

她不好意思地说："改天吧，白天带孩子忙，我没洗澡。"

丈夫说："那又咋啦？我就喜欢你不洗澡身上的味道。"

她的脸烧得烫手。

她忽然明白赵婶老说儿子身上臭是啥原因了。

赵婶不能生育，一直单身。人只要喜欢，臭里透着香；如果不喜欢，香也可以变成臭……

不是幽默

他被人家叫了多年"大方脑袋",却没听清人家叫他啥。

他一直以为叫他"大方老戴"。

他姓戴,为人确实慷慨大方,不计较个人得失,爱交朋友。

每到中午,就有人喊他吃饭,他跟大伙儿走,别人点菜,他结账。

他也曾纳闷儿过,大伙儿咋一叫他"大方老戴",就大舌头呢?

他以为是幽默。

直到有一天,老周看不过去,问他:"你真听不清他们喊你啥?他们喊你'大方脑袋'!他们奚落你,你还请客!"

他这才明白,大伙儿叫他"大方老戴"时不是大舌头,更不是假装幽默,而是刻意取笑他。

他真生气了。

他虽生得方头方脸不好看,但大伙儿也不能拿他的相貌缺陷讽刺挖苦他呀,还多年如一日蹭吃蹭喝,太过分了!

中午,又有人喊他吃饭。

他大吼一声:"把舌头捋直说话!今天老子点菜,你们买单!"

那人愣住,瞪眼看他。

其他人也愣住,都不吭声。

没人邀他去吃饭了。

从此,也没人喊他"大方脑袋"了。

虽然有人感觉愧对他,苦笑,摇头叹息,但没人跟他道歉。

大不了不再蹭他吃喝就是了。

珍奇爱宠

他喜欢猫。

女友送他一只小猫。

那猫浑身乌黑锃亮,一根杂毛都没有。

邻居称奇。"这猫百里挑一,不,也许千里、万里挑一呢。"邻居说,"你打哪儿淘来的?"

"我女友送我的。"他笑呵呵地说,"黑猫很少见吗?不是吧,我见过不少黑猫。"

"黑猫是不少见,但像这样浑身一根杂毛都没有的,却不多见。"邻居说,"看来你女友很用心,这猫绝对是珍品。"

他仔细看那猫,从头到尾到爪到肚皮,不但一根杂毛都没有,而且一丁点儿色差也没有,就像一笔浓墨染就的。

他也感觉此猫珍奇。

见到女友,他问猫是在哪儿买的。

"买的?这猫可不是买的,没地方买,这是我姥姥家的。"女友喊,"要不是我死乞白赖求我姥姥,说我男友特喜欢猫,我投其所好送猫,我姥姥还不舍得给我呢。"

他惊讶不已。

"那我谢谢她老人家,"他说,"改天我去拜访她。"

女友面红耳赤。"你先谢我吧。"女友说,"对我好就是谢我姥姥。"

他的心扑扑直跳。

晚上,他破天荒让小猫睡床上。

"就这一回啊,"他点着小猫的鼻尖说,"看在你身上一根杂毛都没有的分儿上,不,是看在姥姥分儿上,下不为例。"

磨合之痒

周日，她早起给他发微信：我昨晚梦见你了，你梦见我了吗？

他回微信：没有。

她尴尬。

她又给他发微信：你就不问问我梦见你啥吗？

他回微信：啥？

她生气地回复：你被我蹬了！

他大吃一惊。

为啥？他回微信问：我们一直处得好好的，咋平白无故把我蹬了？

因为你太木讷！她写道：不懂爱，不懂思念，不懂温柔。

他半天没回微信。

他在心里检讨：我不油嘴滑舌倒是真的，我不懂爱吗？啥才叫思念和温柔？难道明明没梦见她非撒谎说梦见她，就叫思念和温柔吗？

他真有些生气了，干脆一天都没回微信。

傍晚，她打电话约他出来走走，说天上的月亮好圆、好大、好亮。

他说不舒服，已经睡了。

她扑哧一声笑了。

"你坐着睡吗？"她在电话那头说，"你刚才明明坐着看手机呢。你这人毛病真多，不仅不懂温柔，还撒谎。"

他抬头朝窗外看，她站在十米外的大柳树下，举着手机跟他招手。

她笑得很美很甜。

他长叹一声站起身，美滋滋地来到窗前，给她一个飞吻……

童年故事

他有个秘密,隐瞒了20多年,那年小年唠闲嗑,才跟他老婆说。

6岁那年玩捉迷藏,他躲啊躲啊,正愁不知躲哪儿好时,忽然看见那口井。那是口枯井。他低头朝井里看,井不算深,藏里边挺隐蔽。他顺着井绳溜下去。井里落叶很多,齐腰深。他听见外边小伙伴的喊声,心想:你找吧,今天肯定找不到我,我肯定是爷。

他俩约定,谁赢管谁叫爷,他觉得他肯定能赢。他还真赢了。

那是深秋,天很凉了。他站在落叶里挺暖和,昏昏欲睡。

他索性坐下睡着了。这一觉睡得真香,睡醒抬头看井口时,天都黑了。他抓住井绳往上爬,一拉,绳断了。他急得哭起来,大喊救命。

他家狗发现他,站在井沿狂吠。他爹用一根麻绳拴一个藤筐,把他拉上来。他爹问他:"你躲井里这大半天一声不吭,干啥呢?也没这样玩捉迷藏的呀。"

他羞得脸通红,说不是不想吭声,是迷迷瞪瞪一下去就人事不省了。

他奶奶迷信,一拍大腿说:"得!准是龙王爷相中我孙子,要我孙子做他孙女婿。"

他娘说:"哪儿来的龙王爷?那是口枯井,没水。"

"有水不就旺了吗?"他奶奶说,"只有破落的龙王爷才找我孙子,要不他孙女肯下嫁?"

他爹说:"那咋没把他带走呢?"

他奶奶说:"准是龙王孙女没看上我孙子呗,退货!"

他讲完故事,他老婆笑喷了。

读书有用论

他很佩服他老婆,虽然学历不高,但提问题很尖锐,时常把他问倒。

那天,他老婆对他说:"我考考你的书白没白读。咱家院里老来几只猫,老张家院里也老去几只猫,为啥呀?"

他笑着说:"因为咱两家人心肠好,老喂它们呗。"

"那为啥它们分两拨呢?"他老婆说,"还各踩各的点,搞帮派吗?"

"那是肯定的,"他说,"动物跟人一个德行。"

"说具体点儿,回答个中原因。"他老婆说,"我给你提个醒:老张天天喂,咱家隔三岔五喂。"

他噎住,一时无语。

从此,他开始注意观察老张喂猫。

一天,他给他老婆一个交代。

"老张家的猫凶,咱家的猫熊。"他说,"老张天天喂,凶的猫首先'占领'他家。凶的猫先吃,熊的猫后吃,剩少吃少,没剩没吃。熊的猫在他家还不如在咱家有得吃、吃饱的概率高呢,所以集体坚守咱家了。"

他老婆瞪眼琢磨半晌,忽然点头说:"还真是这个道理,我咋就没想明白呢?看来你的书没白读,我嫁你嫁对了。"

人畜差异

他带儿子去动物园。儿子看见猴子很兴奋。他问儿子:"这是啥?"

儿子回答:"猴子!"

他带儿子去看大猩猩。他问儿子:"这是啥?"

儿子回答:"猴子!"

他带儿子去看好几种灵长目动物。儿子都喊"猴子",他苦笑。

其实,他还是很欣赏儿子的,儿子毕竟才3岁。

公园一角,很多人围观一只大猩猩。那只大猩猩的年龄是儿子的4倍,据说很聪明。

他走过去,指着儿子问那只大猩猩:"这是啥?"

那只大猩猩回答:"人!"

他几乎惊倒。他指着一只猴子问那只大猩猩:"这是啥?"

那只大猩猩回答:"人!"

他微笑。他指着一只鸟问那只大猩猩:"这是啥?"

那只大猩猩回答:"人!"

他咯咯笑出声来。

不过,他还是很欣赏那只大猩猩。因为对于一只动物而言,能跟人对话,还会说"人",真了不起。

无情

他和她是中学同学。

他当初追求她,被她无情拒绝。

10年后,她后悔了。

因为他比她的丈夫优秀百倍。

他事业有成,婚姻美满,有车有房,生活富裕。

她挖空心思"邂逅"他,蠢蠢欲动讨好他,他假装木讷没反应。

她遗憾半生。

60岁老同学聚会时,她对他说:"你就别耿耿于怀我拒绝你的事了,咱们都是60岁的人了,还能活几天?咱们就不能坦诚友好地相处几年吗?"

他很诧异地看着她。

"我没对你耿耿于怀,我很感谢你没让我铸成大错,我没遗憾。"他说,"我一直过得很坦然,我尽心尽力追求我想过的生活,这跟40岁、60岁、80岁没关系。我们当然可以坦诚友好地相处,你不会影响我的生活,但愿我也不会影响你的生活。"

她噎住。

她一直过得很不舒心。

她总感觉心里很压抑。

叹息

他跟老伴儿逛超市。

看见草莓,他问老伴儿买不买。

老伴儿没开口,只叹气。

"我明白你的意思,"他开口说,"不买吧,孩子爱吃。买吧,孩子吃不了几个,这大半盒就都便宜咱俩了。"

老伴儿瞪他一眼。

"别假惺惺的,"老伴儿说,"我看你每回都吃得心安理得。"

"别别,别这么说啊,每回你也没少吃,好像是专为我买的似的。"他赶紧说,"咱就算顺便吃几个,那不也是怕浪费吗?草莓这东西,一放就烂……要不是孩子爱吃,你也舍不得买呀。"

旁边有个年轻人搭话了。

"对,这位大叔说得对!您二位是给孙辈买吧?"那个年轻人说,"我夫人也这样。不给她买吧,她说我不想着她,不关心她;真给她买了,她又吃不了几个,大半都归我吃了。她挑的就是这个理,较的就是这个劲。"

他跟老伴儿尴尬地笑。

那个年轻人买了三大盒草莓,走了。

他看着老伴儿问:"咱买不买?"

老伴儿斩钉截铁地说:"不买!"

走路问题及其他

她问老伴儿：为啥人倒着走比正常走累？

老伴儿只撇嘴，不回答。

"嗨，我跟你说话呢，啥态度！"她不依不饶地说，"你平时不是啥都懂吗？咋遇到正经问题就卡壳啦？"

"我跟你说啊，脚既然是正正经经长的，路就要正正经经走，"老伴儿看她一眼说，"你问为啥倒着走累，因为你没正正经经走路，如果脚一开始就长后边，那你倒着走就不累了。不信你试试，使劲儿扭脖子，脸朝身后，然后往前走……"

她还真不信邪，立马就试。腿还真不累了，但脖子累。

"请你继续回答问题，为啥腿不累脖子累呢？"她仍不依不饶地说，"你的回答我不是十分满意。"

"那你把脸转回来呀，"老伴儿说，"朝前走腿不累，脖子也不累，还不用担心被绊倒摔个大马趴。"

她点头笑着说："不对。我说的是倒着走，没问你正着走，请你正经回答。"

老伴儿咯咯笑了。

"不正经问题没法正经回答。"老伴儿说，"如果你当初脸和脚都是朝后长的，你的问题就迎刃而解了，对不对？可惜你没这么长。"

她略加思索后大喊："还是不对。就算脸和脚都朝后长了，身子还反着呢，大小便岂不全乱套了？"

老伴儿爆笑。

岂止大小便？还有前胸后背呢，还有姿势习惯呢，等等。

还是别不正经吧。

傻八蛋

他早晨起来上卫生间,刚从卫生间出来,他老婆就告诉他一件很严重的事:丢了一只袜子。

"昨天晚上我脱袜子时还是一只脚一只呢,"他老婆说,"早起就剩一只了。"

"不可能。"他大喊,"你啥意思?你是说昨晚进来个贼,啥都不偷,单偷袜子,还只偷一只,留下一只干啥使呀?日后对暗号用吗?"

"啥乱七八糟的呀?我听不懂。"他老婆也喊,"反正我丢了一只袜子,你说是咋回事吧。"

他床上、地下找,没有;掀开被褥找,还是没有。

他老婆撇了一下嘴。家里就这么大点儿地方,闹鬼了?

他忽然灵机一动,把床拉开,袜子在床和墙之间的缝隙里。

他老婆的两眼瞪得像铃铛。

"你咋这么聪明呀?"他老婆笑呵呵地说,"我就没想到。"

"我这叫聪明吗?"他说,"我这叫不傻。"

"你的意思是说我傻呗。"他老婆说,"没错儿,我傻,我傻才嫁给你。"

"你啥意思?"他问,"你是说我娶了个傻八蛋?"

"啥叫'傻八蛋'?"他老婆暴跳如雷,"'傻八蛋'是'傻蛋'还是'王八蛋'?你不给我说清楚,我跟你没完!"

他不吭声。

他老婆不依不饶。

最后,他小声说:"'傻八蛋'就是'傻王八蛋'。"

他老婆气得穿上外套、袜子、鞋,一脚踹开门,上班去了。

微笑

在中国，陌生人见面是很少微笑的。

即便是偶尔对视一眼，也是面无表情，啥意思都没有。

他40岁时去美国生活了几个月。

他记得第一次跟一个女人对视，那个女人对他微笑一下。

他吃了一惊。

他不知道那个女人是啥意思。

那个女人感到有些尴尬，走开了。

他比那个女人更尴尬。

第二次碰见的是一个亚裔男人，男人也对他微笑。

他挑一挑嘴角，权当回应。

之后，他发现，无论是哪个人种的老人、中年人、年轻人，还是孩子，都在与人对视的同时，面带微笑。

他逐渐习以为常了。

回国后，他打车从机场回家，刚下出租车，迎面看见一个女人。

他下意识地看她一眼，微笑一下。

那个女人惊慌地跑开了。

他尴尬并吓了一跳。

他扭头又看那个女人，只见那个女人身边站着一个男子，对他怒目而视。

他快步走开。

他怕走晚了挨一顿揍。

流浪汉

旧金山是美国流浪汉最多的城市之一。

他在旧金山见过很多流浪汉。

流浪汉或单独或几个站在路边,或沉默,或交谈,或起哄,或唱歌。

他看见一个流浪汉站在咖啡店门口乞讨:"请给我一美元吧,谢谢了。"

另一个流浪汉拿着纸杯说:"有人帮我买一杯咖啡吗?倒半杯喝剩的也成。"

没人给流浪汉钱或咖啡。

流浪汉一般不闹事,最起码他没见过流浪汉闹事。

流浪汉更多的时候是坐着,永远整理不完手里的破烂儿。

有的流浪汉自言自语嘟囔、骂街,甚至哭泣。

他曾被一个女流浪汉追着骂,幸得一个警察及时保护。

那个警察对他说对不起,说那个女流浪汉是精神病患者,把他当成调戏过她的老板了。

一次,他在路上掉了一美元硬币,一个流浪汉提醒他:"喂!掉啦!……如果您不介意,可以送给我吗?"

他点头同意。

那个流浪汉对他说谢谢。

一个老人跌倒了,一个流浪汉和一个路人把那个老人扶起来,那个老人没嫌那个流浪汉脏,也没敲诈那个路人。

他对那个流浪汉肃然起敬——都穷到这地步了,还帮助他人。

老故事

40年前,他在政府机关工作。

一天下班,他去浴室洗澡。正走在路上,迎面过来一个女士,刚从浴室里出来。

看身材、看相貌,像贾女士。

再仔细看,不是。

"这是谁呀?"他想,"肯定不是外人,是贾女士的姐姐、妹妹?要不就是她的亲戚?"

他正疑惑,那个女士已经走到他身边。

那个女士开口说:"去洗澡呀?今天的热水可好了!"

他吃了一惊,正是贾女士!

他赶紧满脸堆笑。

他洗澡时一直想:"我老了吗?一个办公室的人咋就愣是没认出来呢?"

第二天早晨一进办公室,他首先看向贾女士,一眼就认出来了。

"咋回事?"他的心扑扑乱跳,"难道我有间歇性认知障碍吗?"

终于有一天,谜底揭开了。他再次碰见贾女士从浴室里出来,他又不认得了——眉毛没了,眼影没了,口红没了,两眼小得、嘴唇薄得就跟三条缝似的。

养狗和养儿

他家养了条狗，大伙儿都说厉害。

他家的狗一直拴着养。

狗都向往自由。

那狗越不自由，越心生怨恨，越恨越狂吠。

他寻思：这狗也不是啥名种呀，脾气咋这么大？

他观察别人家的狗，活蹦乱跳，和平友好，见人不咬不叫，还摇尾巴。

他请教朋友。

朋友告诉他养狗之道。

他恍然大悟。

他笑自己木讷。

他把狗撒开养。

狗倒是自由了，但还是见人就狂吠，咬人也更自由了。

他又把狗拴起来了。

没辙，狗的本性难改。

他有个儿子，大伙儿都说浑蛋。

他把儿子从小关在家里。

儿子不与人接触，变得极度自私自利。

他寻思：这是我的儿子吗？我可不浑蛋。

他观察别人的儿子，有修养有礼貌，人见人爱。

他咨询心理医生养儿之道。

心理医生告诉他，儿子要放开养，要多接触人，多接触社会。

他点头称是。

儿子彻底自由了，撒开了，结果天天跟人打架，不是把别人打得落花流水，就是被别人揍得屁滚尿流。

他没辙了，又把儿子关家里。

梦中童话

了解

她看他为人和善不矫情,想跟他做朋友。

她说他应具备"让步""无私"两大优点。

她解释:"'让步'是指愿意为亲人、朋友、爱人、合作伙伴放弃自己的利益;'无私'是指主动买单、合作让利、工作多做、吵架后先道歉、愿意帮助他人。"

他私下了解她的为人,拒绝跟她交往。

她怒,鄙视他,诽谤他是小人。

她找朋友继续跟他理论。

她的朋友找到他问:"你觉得'让步''无私'很难接受吗?作为一个男人,要是没这点儿心胸,也真不值得女人爱。"

"你真不愧是她的朋友。"他说,"'让步''无私'我都认可、接受,但我要看她标榜'让步''无私'的目的是啥。所谓己所不欲,勿施于人,她把别人先定格在高位上,自己却背道而驰,从中获益,不,简直是无德诈取。我了解到她的为人恰与'让步''无私'相反,她做事一意孤行从不让步,吃饭不买单,合作不让利,工作只少做,吵架永远强词夺理,更谈不上帮助他人。她标榜'让步''无私',实在是不怀好意,给人挖坑,我怕被她算计。"

她的朋友诧异地说:"你了解得还真多啊。你既做过这么多功课,我就不说啥了……我也是受她之托将你一军,见笑。"

他笑了。

红壳鸡蛋

他看见别人家的孩子吃红壳鸡蛋,心里特羡慕。

他问母亲:"那是啥蛋呀?真好看。"

"那不过是普通的煮鸡蛋罢了。"母亲说,"只是把蛋壳涂红了,味道还是煮鸡蛋的味道。"

他想象不出来。

"咋会呢?既然涂红了,就一定有红色的味道。"他说,"不然人家为啥要把蛋壳涂红呢?就为好看吗?"

母亲告诉他确是为了好看。

他不信。

他怀疑是因为他家穷,母亲买不起。

他不再提红壳鸡蛋的事。

他是个懂事的、体谅母亲的好孩子。

他逐渐长大成人,自己有了工作,有了收入。

一天,他看见集市上有红壳鸡蛋出售,赶紧买几个。

回家品尝,大失所望。

不过就是煮鸡蛋而已。

"幸亏没多买!"他说。

母亲告诉他,做红壳鸡蛋是民间习俗,图喜庆。

他不理解,也怪母亲,为啥不早说呢?

不过转念又一想,早说他就能理解吗?

红壳鸡蛋失去民俗和喜庆的光环,真没啥意思……

回头

梦里，他走到十字路口。

他背后趴着两条蛇。

左边的蛇喊："左拐！左拐！马上左拐！"

右边的蛇喊："右拐！右拐！马上右拐！"

他想："你们说咋拐就咋拐呀？没门儿，老子自己做主！"

他一直往前走。

左边的蛇对右边的蛇说："这哥们儿挺倔，不听咱的。"

右边的蛇对左边的蛇说："倔又如何？他眼前就三条路，不听咱的，他也就只有往前一条路可走。"

他心里生气。

他心想还有一条回头路可走。

他想转身回头，可身不由己。

他惊讶。

他料定是背后的两条蛇在作怪。

他决定摆脱那两条蛇的控制。

他想起游泳转身时低头翻身蹬腿的动作，暗暗运力、运气。

他猛然低头翻身蹬腿，不但把背后的两条蛇甩掉，而且转身成功了。

他大喜。他又清醒又似在梦中地想：我回头了，走这回头路还真小费了一番周折呢。

他一觉睡到大天亮，身上轻松、心里快乐。

他起床活动活动筋骨，吃饱喝足哈哈大笑，仰面朝天大吼一声："男子汉大丈夫立于天地之间，万事必须由自己做主。老子想干啥就干啥，想走哪条路就走哪条路！"

委曲求全者

她身体干瘦，绰号"瘦干狼"。

她最烦"瘦"字。

他投其所好，见面说她好像胖了、丰满了。

她果然喜上眉梢。

"真的？你说的可是实话？"她说，"你要是糊弄人，我就再也不理你。"

她陪他逛街，尽管她并不打算买啥，只为满足他的虚荣心。

逛街时，他握她的手，她挽他的胳膊。

他们看上去情意绵绵。

回家后，她对着镜子照了许久，压根看不出脸上、身上哪儿胖了。

她通身骨感强烈，肉感绝无。

她越看越怒。

她打电话把他臭骂一顿。

他郁闷。

他恨恨地想：你长成"瘦干狼"难道怨我吗？我违心讨好你两句，你还蹬鼻子上脸了。

他最终没能成为她的男朋友。

遗传哭笑

闺女考试全班倒数第一。

她把闺女痛揍了一顿。

闺女本来就笨,学啥都比别人慢,还特不爱学习。

她气得呜呜直哭。

闺女委屈得呜呜直哭。

闺女哭一会儿便不哭了,跑一边玩布娃娃去了。

她继续哭。

邻居赵婶见她哭得伤心,劝她:"你就别哭了,哭有啥用?儿孙自有儿孙福。考全班倒数第一将来就没活路啦?你这不活得好好的吗?照样嫁人,照样生育,照样成天活蹦乱跳的。"

"我?"她说,"我……"

她忽然哑口无言了。

她瞪眼看赵婶。

赵婶看着她长大、嫁人、生闺女。

她想起她小时候也老考全班倒数第一,她妈跟她现在一样老哭。

她擦干眼泪不哭了。

她忽然想笑,又忽然想哭,最后笑着哭,哭着笑……

猪崽启示

赵姐走过，手里抓着只鸡。

她问："赵姐，忙啥呢？"

赵姐逗她："我刚刚去了趟鸡窝，本想抓只猪崽，结果抓回只鸡。"

她扑哧一声笑了。

"赵姐你真逗。"她喊，"去鸡窝抓猪崽？你去错地方了，还好你没去蛤蟆坑抓猪崽。"

赵姐瞪眼看她，没笑。

"那去二流子舞场找男朋友成吗？"赵姐严肃地问她，"你想在那种地方找到好男人，跟我想在鸡窝、蛤蟆坑抓到猪崽不是同样可笑吗？"

她一时语塞，脸上红一阵白一阵。

原来，她去舞场找男朋友的事，赵姐都知道。

也是，那地方咋会有好男人呢？

鸡窝里只有鸡，蛤蟆坑里只有蛤蟆，猪崽就只会待在猪圈里。

她深感惭愧。

她说她改。

数月后，她欢喜地告诉赵姐，"猪崽"终于"抓"到了。

另类不幸

张三和李四抽烟、闲聊。

张三向李四诉苦:"老李,你说我那傻老婆可咋整——她不知道她几斤几两!她觉得她应该嫁个万能爷们,能当电脑技师、自行车修理工、泥瓦匠、大厨、裁缝、理发师……我要真那样完美,会娶她那笨手笨脚的蠢娘儿们吗?"

李四咯咯笑。

"你老婆是挺奇葩的。"李四说,"她婚前就这德行吗?"

"不呀!她婚前好着呢,说话办事特通情达理,还很温柔。"张三说,"婚后就不行了,一天比一天过分,好像我会啥都是应该的,不会啥都是不应该的。"

李四点头叹息。

"婚前不这样……算你幸运,也算她幸运,你就知足吧。"李四说,"我那傻闺女,还没嫁人呢,就跟你老婆婚后一样了,不知自己几斤几两,不明白萝卜白菜才是同一个等级的菜,非白马王子不嫁。她就不想想,白马王子还非白雪公主不娶呢,她不是白雪公主,我真不知她这辈子还能不能嫁出去。"

"噢噢……是这样啊,那她是婚后的病婚前犯了。"张三结结巴巴地说,"你比我还不幸。"

张三苦笑。

李四也苦笑。

误会

他坐在饭馆里吃饭，一中年妇女频频看他。

他想："我不认识她，她肯定认错人了。"

他继续吃饭。

那中年妇女还频频看他。

我有这么帅吗？他又想，她不会是那种人吧？

他仍继续吃饭，那中年妇女仍一直看他。

他被看得心慌意乱。

吃完饭，他站起身走，无意间一回头，发现他身后坐了一个俊小伙儿，年龄顶多25岁。

他咯咯笑出声来。

我太自作多情了！他一步一晃，溜达出门。

服务员请他慢走，欢迎再来……

竹鸡

鹰从天而降,落到不远处的坡地上。

一只竹鸡和它的兄弟姐妹们一动不动,卧在草丛里。

竹鸡背部羽毛的花纹特像一丛丛枯叶,只要竹鸡们不动,鹰就辨认不出来。

可是,鹰朝竹鸡们走来,离竹鸡们越来越近。

太恐怖了!

竹鸡们惊恐得能听到自己的心跳声。

那只竹鸡心里涌起一阵阵想奔跑的冲动。

突然,那只竹鸡的妹妹奔跑起来,但只一瞬间,就被鹰捕获。

鹰抓着那只竹鸡的妹妹飞走了。

其他的竹鸡安全了。

竹鸡的妹妹用生命给亲人们上了血淋淋的一课。

那只竹鸡永远记住这件事,终生不忘。

以后,不论危险离竹鸡多近,竹鸡都一动不动。

大不了就是死呗,只要不动就有生的希望。

竹鸡一直活到现在。

绿寡妇的故事

他在石榴树上散步，寻找配偶。

他发现一个大美人。

那大美人虽不丰乳却绝对肥臀，硕大的肚子表明她该交配了。

他从背后悄悄接近那个大美人，猛扑到她身上，把她的绿长裙都压皱了。

大美人回头一击，没奏效，被他得逞。

有那么一阵子，他们颤抖、耸动，沉浸在爱的快感里。

他大脑一片空白。

蓝天、白云、红石榴花、绿长裙，都被爱融化了。

突然，他的头被大美人的刀臂捉住。

不幸发生了。

她开始啃噬他的头，把他的头吃掉了。

他不觉得疼，他仍在继续。

他坚持完成交配。

他们终于脱开了。

大美人把他彻底吃干净，吃得只剩两片翅膀。

大美人在得到性欲和食欲的满足后，浑身焕发出异样的光彩，站在一颗石榴果上挺胸抬头，像个皇后。

不久，大美人就要产卵了。

大美人会怀念她的丈夫吗？

谁知道呢？

人又不是母螳螂！

茶叶末釉瓷

他认识了一种叫茶叶末釉瓷的瓷器。

他不懂瓷器。

他逛街,看见路边有一大片瓷器摊。

他忽生好奇心,蹲下来看。

他是唯一的顾客。

小贩们齐刷刷地看向他。

他盯上了一个棕黄色的瓷桶,有盖。

"茶叶末,好东西!"小贩热情地对他说,"来一个?"

他没听懂。

"多少钱?"他问,"这是干啥使的?"

"就是瓷器呗,干啥都成。"小贩说,"八百,原来卖三千,没法子,现在生意冷清。"

他咋舌。

"太贵了!"他说,"便宜点儿。"

小贩瞪大眼说:"这是茶叶末釉瓷,好东西……那七百!"

他又咋舌。

"这是放茶叶用的吗?"他问,"也太大了吧?能放几斤?"

小贩苦笑。

"这可咋整?"小贩对身边的女人说,"整个一个外行。"

"二百卖不卖?"他说,"卖,我就来一个。"

那女人说话了:"这不是放茶叶用的,当然也可以放茶叶。这种瓷器叫'茶叶末',好东西,但二百不成。"

他恍然大悟。

他对小贩说:"你看这位大姐说得多清楚,明白人都叫你整糊涂了。看在这位大姐的分上,我买了,二百!"

小贩大喊:"二百不成,最少三百!"

他坚持只掏二百。

最后,二百五成交。

他在开车回家的路上几次咯咯笑,反复叨叨"茶叶末"。

平心而论,他也不知是买赚了还是买亏了。

不过无所谓,二百五是小钱。

小抽

他开了一家小卖部。

他坐在柜台后边玩手机。

有人进店买酱油。

"来瓶小抽!"来人说,"多少钱?"

他没听懂,皱眉瞪眼犯愣。

"来瓶小抽!"那人以为他没听清,又说一遍,"多少钱?"

他还是没听懂。

"没……货,"他结结巴巴地说,"小抽是啥东西?"

"小瓶的老抽!"那人吼,"连这都不知道?"

他赶紧拿货。

收完钱,那人刚走,他哈哈大笑起来。

他老婆进店看见,问他笑啥。

"小抽!"他大喊,"你知道小抽是啥东西吗?这是老北京话吗?"

他老婆也皱眉瞪眼犯愣。

他把刚才的事讲给他老婆听。

他老婆也哈哈大笑,说:"没听说过,老北京人这样说话吗?小抽……我看这不是小抽,是他欠抽,'欠抽'才是正经老北京话呢。"

那天,他们乐呵了一整天。

过命之交

他是 83 岁那年死的。

临死前,他感觉不好,赶紧对他儿子说:"快摆香案,焚香,我要了却一个心愿。"

他儿子准备停当,把他背到香案前说:"爹,您有啥心愿?我咋从没听您说起过呢?"

他跪到香案前说:"我要给你三年前死去的周叔叔磕三个响头,他当年宁可选择跳楼自杀也不供出我和你马伯伯,我俩才能平安活到今天。我此时再不磕头谢恩,今生今世就来不及了。"

他"咚咚咚"磕了三个响头。

他儿子说:"爹,您这又何必呢?等见到周叔叔再磕也不迟呀。"

"那不一样,"他说,"今世之恩今世谢……"

话没说完,他的眼就闭上了。

他儿子痛哭之余心想,到底啥事这么严重?也许不是好事……不过呢,就我爹知恩谢恩这一点看,我爹算是个正人君子。

小大思考

他登山游玩，带一瓶水。

开始不觉得沉，后来越来越觉得一瓶水是个累赘。

他一咬牙，把水喝了。

扔掉太可惜，尽管他此时并不渴。

"大不了提前撒泡尿呗，"他想，"不带水时渴了难受，带水还真不方便——怪不得俗话说'路遥无轻担'呢。"

他继续游玩。

两手空空，行动还真便利。

忽然，他心中涌出一个问题：怪呀，为啥喝掉水会感觉轻便很多呢？水在胃里和在手里，不是一样沉吗？

从物理学上讲，这绝对没错儿。

他一边游玩一边思考，先困惑，后慢慢醒悟。

水在手里，总不能与身体绝对和谐；喝进胃里，就跟身体合而为一了。

他为他的聪明手舞足蹈起来。

"这算大道理还算小道理？"他自言自语，"说大吧，实在没啥了不起；说小吧，就这么屁大点儿事，有多少人说不清楚、想不明白。"

他小跑起来，得意忘形起来。

如此请客

他给同学们发微信：我相中一家饭馆，超好，请同学们聚会吃饭。

同学们都去了。

饭菜还可以，虽谈不上"超好"，也还凑合。

饭后，他请同学们走好，高喊饭钱已经结了。

同学们不好意思。

饭馆老板惊讶地说："呀！我见过各种聚餐，这还真是头一回，仗义！"

同学们面面相觑。

"AA制吧，"有同学建议，"算算每人多少钱。"

饭馆老板立马取出计算器算，每人平均116元。

饭馆老板高喊："116元！"

"取个整，每人120元吧。"又有同学建议，"多余的算他的辛苦操劳费。"

有同学小声嘀咕："不是他请客吗？……这也太贵了吧。"

饭馆老板又高喊一句："每人120元！"

同学们甭管情不情愿吧，纷纷交钱走人。

谁会在这种场合扫大家的兴呢？

他把钱勉强收下，显得特不好意思。

他是最后走的。

他跟饭馆老板又喝了两杯茶。

"高！实在是高！"饭馆老板频频给他竖大拇指，说，"大舅哥，小弟不会忘记您的照顾，下次我们夫妻单独请您！"

他心里乐开了花，嘴上连说不客气。

后悔

他 60 岁，老婆 55 岁，女儿 28 岁。

他们要孩子要得晚。

冬天，一家三口驾车出行，他和老婆手脚冰凉。

他把暖风开关打开。

"关上！"女儿喊，"这么热，还开暖风。"

"我们老了，怕冷。"老婆说，"你小时候体质弱，不管开暖风还是冷风，我们都依你。现在我们体质弱了，你就不能依着我们吗？"

女儿不说话，哼了一声。

一会儿，女儿把车窗打开一条缝。

呼啸的冷风吹进车，脚虽不冰凉了，但手和心里冷啊。

回到家，他一屁股坐沙发上喊累。

老婆白他一眼，说："你还能干点儿啥不？就开开车，亏你还是个大男人。"

他没吭声。

"洗两个苹果去，"老婆又说，"你过去勤快着呢，现在越来越懒了。"

他白了老婆一眼。

"过去我照顾你是女人，"他平静地说，"现在我老了，尤其是今年，总感觉浑身乏力，你比我小 5 岁，可能不觉得吧。"

老婆很吃惊地看着他，半晌没吱声。

"我们把女儿溺爱坏了，"他喃喃地说，"我把你也溺爱坏了。"

老婆洗苹果去了。

老婆把苹果洗好，放在桌上，只喊女儿来吃。

他叹气。

溺爱的恶果！他想，不论是女人还是孩子，过分爱就不懂得也不珍惜爱了。

梦中童话

永久飞鸽

旧小区拆迁,她住进新小区。

对门邻居有个老哥,看着三分眼熟。

她想不起在哪儿见过。

老哥跟她搭讪:"这地方好是好,就是有点儿偏。"

她笑。

一来二去,他们熟了。

一天闲聊,她说起已故的丈夫。

"他成天酗酒,嗜酒如命,最后真没命了。"

老哥叹息。

忽然,老哥问她:"你年轻时是不是买过一辆永久牌自行车?"

她一下想起老哥是谁了。

老哥笑。

"我记得当时你一进店就问永久牌自行车多少钱,我告诉你飞鸽牌自行车好,你把丹凤眼一瞪,说:'我就买永久牌自行车,卖不?'"老哥说,"为这事,领导骂我好几天呢。"

她咯咯笑。

"图个吉利呗,"她说,"那时我刚结婚……"

她的眼圈红了。

老哥沉默。

"你酗酒吗?"她突然问,"酒可不是好东西。"

"我烟酒不沾,"老哥说,"就喜欢养鸽子。"

她点头笑。

他们又闲聊几句。

聊搬家,聊鸽子,聊自行车。

老哥起身去市场买菜。

她看着老哥的背影,回味老哥刚刚说过的话:"鸽子是认家的鸟,好鸽子从来飞不丢。我买的就是飞鸽牌自行车,我没'飞'了,也没夭折喽。"

一群鸽子在天上盘旋,忽然一只鸽子飞离群了,她抬头看得出神了……

色浓味淡

他和她是小学同学。

她是群主，组织同学聚会。

她邀请他。

他们上学时经常一起玩耍，可谓两小无猜。

但他没意识到认识40年和相处40年的巨大差别。

他参加同学聚会主要是冲她去的。

他感觉她就像个老情人。

他和她见面，说话格外亲切，荤素不避。

一会儿工夫，她就扛不住了，脸上有怒气。

他注意到了她的表情变化。

过了，其实我在她眼里就是外人。他想，小学不过6年，分别却是34年，她早就不是原先的她了。

他有所收敛，适度言笑，最后总算愉快告别。

下次同学聚会，她再邀请，他明确告知不去。

他感觉没啥意思。

两个34年不通音信的人，就算表面亲近，又咋可能心有灵犀一点通呢？

还是一直相处的朋友好，最起码知根知底，交流处事容易把握分寸。他想，我对她既不知根也不知底，箭头不对靶心。

她打电话劝他："参加吧，我们都这把年纪了，还能见几次？趁现在还走得动，见一次是一次。"

他还是没去。

他清楚地意识到,他俩就像夹生饭,外边一层米粒熟而已。
一切照常,生活继续……

梦中童话

扯淡

他和面，面粉放少了，水放多了，和了半盆面糊。

他加面粉，又太干了。

他再加水……如此一来，和了大半盆面。

"你和这么多面干啥？咱俩吃得了吗？"他老婆说，"好家伙，够咱俩吃三天了。"

他假装无所谓，摇晃着脑袋说："多和多做多吃呗。人活一辈子，不就图个吃。吃到肚里才是自己的。"

他老婆一脸困惑地看着他。

他今儿是咋啦？反常啊。想开了？他老婆想，他平常抠门得要命，蒸米饭恨不得一粒一粒数米。

老婆没吭声，默默观察他。

面三天吃完，他又开始一粒一粒数米蒸米饭了。

他老婆大惑不解。

又过了三天，他老婆忽然想明白了——他三天前一点儿都没反常，该是啥德行还是啥德行，所谓"多和多做多吃"论，纯属扯淡。

过敏反常

他和她是同事，二人同时休假三天。

上班后，二人都喊腰酸腿疼。

"二位干啥去啦？"小赵开玩笑说，"都挺累呀。"

她一把拧住小赵耳朵说："啥意思？欠揍是吧？他是他，我是我，别跟我玩荤的。"

"素的，素的，姐，你是素的。"小赵惨叫，"我知道你跟姐夫去旅游了。"

她把丹凤眼一瞪，说："知道还嘴欠，以后不准再提此事。"

她去别屋办事。

他咯咯笑。

"哥，你不觉得她今天反常吗？你看你就没事。"小赵说，"她跟我说荤论素的时候多了，我可没急过眼。"

他苦笑。

"我能跟她比吗？"他说，"她跟老公旅游三天，我在家里当牛做马三天，苦啊！"

"这就是她反常的理由吗？"小赵说，"不对！"

此事没人再提了。

忽然有一天，一个女人闹上门来。原来，那三天她没跟老公旅游，是跟情人……

后悔

它在池塘里出生、长大，从没离开过池塘半步。

忽一日下起倾盆暴雨，池水溢出池塘。

它游到池塘外，想看看外面的世界。

"呀！世界真大！"它惊呼，"做池塘困鱼一辈子，真是白活！"

雨停了。

水面莫名其妙开始下降。

它被困在水坑里。

太阳出来了。

当在阳光下逐渐失去意识时，它恍惚地想：我是在发烧做梦吗？还是池塘里好。

隐患

他跟朋友去串门。

闲聊中,他说一会儿去理发。

"理发?"朋友的朋友把眼一瞪,说,"到我这儿了,还去哪儿理发!"

他愕然,看向朋友。

"对对,我把这茬儿忘了。"朋友说,"他就是理发师出身。"

朋友的朋友像变戏法一样,一瞬间取出理发工具。

朋友的朋友还真利索,十分钟理完,发型还挺时髦。

"厉害,专业。"他说,"你还真是理发师,你在哪儿干?"

朋友同他的朋友相视苦笑。

"以后聊。"朋友说,"咱们初次见面,聊点儿愉快的。"

须臾,他和朋友起身告辞。

一出门,他就追问朋友的朋友的事。

朋友说:"他干理发不久就主动辞职了,原因很简单,他理发时总有剪掉客人耳朵的冲动。"

"啊?"他惊叫一声,下意识赶紧摸耳朵,"他有精神……"

"既然他能控制住自己,就还没到'病'的程度,"朋友说,"刚才他给你理发,我一直冒冷汗。"

"那你为啥……"他吼,"你真可以!"

朋友笑。

"我话一出口就后悔了,"朋友说,"我再制止他又怕刺激他,他万一不理发也剪你耳朵呢?不过,他给你理发时,我一直准备随时保护你。"

他气得踹了朋友一脚。
他心里好害怕。
他同朋友断了往来。

艺术高于生活

他站在大厅里拉开架势，清清嗓子，高声唱："我和你，都披着一张人皮……"

她愣住，继而横眉怒目说："你才披着一张人皮呢！"

他接着唱："我和你，原本是一对儿夫妻……"

她大喊："别胡说八道！谁跟你曾是夫妻？臭流氓！"

他大怒："你别捣乱好不好？我排练节目呢！耽误演出，你担待得起吗？"

她如梦方醒。"噢噢，是这样啊，对不起啊。"她抱歉地说，"我误会了，我还以为你说咱俩呢。这大厅里就你我俩人。"

他余怒未消，说："把扫帚、簸箕拿一边去，别碍事！这儿先别搞卫生！"

她慌慌张张拿着家伙走开了。

他看着她的背影发笑。

他继续排练："我和你，生过一个孩子，你天经地义就是孩儿他娘亲……"

她在大厅外听见，脸莫名其妙羞得通红。

她这是"入戏"了吗？

她的心被触动了。

她现在单身，有一个孩子……

艺术源于生活！

缓期执行

夜里,他刚睡着,就听见一个低沉的声音:

"你在哪儿呢?我弄死你!"

他被惊醒,原来是个噩梦。

他再次睡着,又听见那个声音:

"你在哪儿呢?我弄死你!"

他睁开眼,不敢睡了。

他听得清清楚楚,那个声音来自屋里某个角落。

"谁?谁在那儿?"他拥着被子坐起身,声音颤抖地说,"我跟你无冤无仇,你为啥要弄死我?"

"你我真'无冤无仇'吗?"那个声音说,"你仔细想想。"

他浑身哆嗦起来。

他一瞬间想了很多——他坑害过谁,对不起谁,甚至连虐待过小动物、杀害过小昆虫都想了一遍。

头绪太多了,他不知哪件事会让他遭报应。

他吓得哭了起来。

"哭也没用!早干吗来着?"那个声音说,"恶有恶报,看剑!"

他感觉喉咙上被戳了一下。

他仰面倒下。

他死前,脑海里闪现四个字:一剑封喉。

然而他没死。

第二天早晨,他又醒了。

他吃力地爬起身,被褥全部湿透,他冷得浑身直哆嗦。

他赶紧穿上衣服,喝了一碗热水。

进卫生间时,他忽然惊呆了——他的喉结上有一个小红点。

他又想起昨晚的噩梦。

他呜呜地哭了。

梦中童话

儿时记忆

他用积木搭房子，刚搭好，风就把房子吹倒了。

他再搭，风又把房子吹倒了。

小妹妹不高兴了。

"你真笨！"小妹妹说，"你不是个好建筑师！"

他叹息。

他追着小妹妹说："这不怪我，真不怪我，是风捣乱。"

小妹妹不听。

"能被风吹倒的房子就不是好房子，"小妹妹说，"搭被风吹倒的房子的建筑师就不是好建筑师。"

小妹妹说啥也不跟他玩过家家了。

一晃三十年过去，他不但成为建筑师，而且是一名出色的建筑师。

他建了很多好房子。

一个偶然的机会，他碰见正在办理入住的她——当年的小妹妹。

他们诧异、惊喜、惆怅。

他建房，她居住，他们却不是一家人。

她说她对房子很满意，是栋好房子。

他说：放心住吧，大风绝对吹不倒。

她心情很激动，隐约忆起当年吹倒积木房的那阵风……

幸福的秘密

他打喷嚏,不慎把魂喷了出去。

风把他的魂吹走了。

他的魂四处游荡半年,找不着家。

他因此痴呆了半年。

忽一日,他的魂费尽周折找到他的躯壳,重新附体了。

他不仅不再痴呆,还变得聪明过人,见识不凡。

所有认识他的人都很诧异。

"这就叫'因祸得福''大难不死,必有后福'吧?"有人说,"他的聪明见识来之不易呀。"

他的魂大吃一惊。

难道这个人知道我的阅历吗?他的魂想,我不应该显山露水,我应该沉默寡言、大智若愚。

他从此变得结巴,很少说话,后来干脆变成哑巴。

他不再引人注目。

他逐渐被人淡忘。

他一生平安幸福。

儿童心理

父亲喝咖啡，闻着真香。

她也想喝。

父亲说："咖啡是提神的药，儿童不宜。"

她问父亲有啥病。

"头昏，"父亲说，"我劳累过度，用咖啡醒脑。"

她一听到生病，便想到吃药打针。

生病的痛苦，其一是病痛本身，其二便是吃药打针。

她不知头昏是啥病，但治疗头昏的药闻着这么香，她万万没想到。

她问父亲要不要打针。

父亲说那倒不必。

她羡慕父亲真会生病。

喝这么香的药，头昏一回也值得。

咖啡的香味太诱人了。

她内心蠢蠢欲动。

她趁父亲转身接电话，偷偷抿一小口。苦！虽然香味依旧，但那苦味她不喜欢。

看来药就是药，闻着再香也难喝。

午睡时，她没像往常那样很快睡着。

她心惊肉跳地想：坏了，准是咖啡闹的。我不头昏，喝了咖啡，没病反而有病了。

她想告诉父亲她病了，叫父亲带她去医院看病，但又怕吃药打针，犹豫不决。

她在胡思乱想中睡着了。

一觉醒来,她的病莫名其妙好了。

她很庆幸,只喝了一小口。

梦中童话

预言家

春天,苹果树发芽时,人感慨地说:"春天来了!"
夏天,苹果树开花时,人感慨地说:"夏天到了!"
秋天,苹果树结果时,人感慨地说:"秋天真美好!"
冬天,苹果树变得光秃秃时,人叹息:"冬天开始了!"

苹果树惊讶地想:天啊!我是预言家啊!我顺应天时,通晓宇宙规律,我太伟大了!

苹果树把它的伟大告诉梨树,梨树把苹果树的伟大告诉桃树,桃树告诉杏树,杏树告诉柿子树,柿子树告诉枣树,枣树告诉石榴树……

于是,果园里出现了一大群伟大的预言家。

柳树、柳絮和小石子

春天，柳树生出很多柳絮。

春风吹起来的时候，柳树对柳絮们说："该启程了，去开开眼界吧，我要不是年纪大了，一定陪你们一起走走……"

柳树下的一粒小石子问柳树："'启程'是啥意思？你年轻时真会走吗？"

柳树笑了。

柳絮们纷纷启程了。

春风刮过三天三夜后，一朵柳絮飘落到柳树脚下。

柳树慈祥地说："旅途累吗？你在天上看见了什么？"

那朵柳絮礼貌地说："我看见了很多很多！城市、广场、高楼大厦、绿地、鲜花、大树、森林、河流、湖泊……"

"你看见柳树了吗？"小石子问，"你看见我了吗？"

"在天上看柳树……很渺小，"那朵柳絮回答，"在天上……我没看到你。"

"没看到我是啥意思？难道我不存在吗？"小石子喊，"你是欺负我、挖苦我不能飞到天上去开眼界呢，还是嫉妒我、蔑视我留恋土地的决心？"

那朵柳絮和那棵柳树都惊诧不已。

小石子的问话有必要回答吗？若回答，该咋回答？

自然法则

风把蒲公英的一粒种子吹到很远很远的地方。

那里的土地很贫瘠。

"你就在这儿安家落户吧。"风说,"这就是你的宿命。"

那粒种子在那里扎根,长成一棵小蒲公英。

风又来了,对那棵小蒲公英说:"将来你的孩子是我的,必须由我分配,这也是你的宿命。"

"凭啥?你算老几!"那棵小蒲公英很不服气地说,"孩子是我生养的,就不给你!"

风狰狞地笑着离开了。

小蒲公英逐渐长成大蒲公英,开花结果,生了很多孩子。

开始,她还把孩子们搂得紧紧的,可突然有一天,她稍不留神,风就从她怀里把她的孩子们抢走了。

她伤心地哭喊,拼命地摇晃身体,大骂风是魔鬼、强盗,但没用,她的孩子们一眨眼的工夫就消失得无影无踪了。

她想起她的身世、她的母亲,叹息蒲公英的命咋就这样苦呢。

人和树

双胞胎姐妹看一棵香椿树和一棵臭椿树。

那两棵树比肩而立。

姐姐对妹妹说:"这两棵树共同生活在一块土地上,几乎一般高、一般壮,一样的树干和叶子,你知道它们为啥一个香一个臭吗?"

"香椿树是亲娘养的,"妹妹说,"臭椿树是后娘养的。"

"才不是呢!"姐姐说,"是它们内在的基因不同——虽然生长在同样的土壤里,但香椿树专吸收香的成分,臭椿树专吸收臭的成分。"

妹妹瞪眼。

"我知道你在讽刺挖苦我。"妹妹说,"你拐弯抹角夸你心态积极乐观,损我心态消极悲观,你就好比是香椿树,我就好比是臭椿树。"

姐姐大笑。

妹妹怒目。

姐姐说没这意思。

妹妹说就这意思。

狗通人性

张老太走过李老头家院门口,告李老头家大黑狗的状:"你家大黑狗真不是东西!它是全世界畜生里最不通人性的——谁喂食它都吃,吃完不认账,见谁咬谁。"

李老头哈哈大笑。

"回头我抽它!"李老头和蔼地说,"虽说它是畜生不是人,但最起码的礼貌应该懂呀,哪能吃完一抹嘴就翻脸不认账?它这不是不给众人面子,让我难堪吗?"

张老太点头微笑着走开。

大黑狗吓了一跳。

我要倒霉吗?大黑狗想,不能吧,我这样做是李老头教的呀。

张老太走后,李老头回屋抓了一大把狗粮。

"吃吧,吃吧,好样的!继续努力!"李老头夸奖大黑狗说,"就这样咬!畜生没个畜生样还叫畜生吗?以后见到张老太,尤其要狠狠咬她!"

大黑狗使劲儿摇尾巴。

李老头又扔给大黑狗一根骨头啃……

心灵之歌

狼先生偶然听到羊小姐唱歌,温柔绵长,便爱上了羊小姐。

"你的歌真美,"狼先生说,"咩——咩——咩——我就学不来。你是咋学会的?"

"这不用学,我天生就会。"羊小姐说,"不是出于本性的东西,根本就学不来。"

狼先生不高兴了。

狼先生想,你是鄙视我本性不美吗?老子高看你一眼,你还臭来劲儿了。

狼先生把羊小姐杀害了。

狼先生不再爱听温柔绵长的歌,只野性地嚎……

妄念和妄报

一匹瘸马,四腿三长一短,主人骑它赶路,像坐过山车。

"我的妈呀!"主人大喊,"你换个走法成不?"

"不成,"那匹瘸马说,"我这条短腿是天生的,这辈子只能这样走了。"

主人说:"我明天带你去医院,医生准能把你的四条腿弄齐了。"

那匹瘸马兴奋得一激灵。

"真的吗?现在科技真发达!"那匹瘸马说,"医生真能把我这条短腿接长吗?"

"接长?"主人说,"医生可以把你那三条腿截短!"

那匹瘸马吓得一哆嗦,一个趔趄,把主人摔了个狗吃屎。

喜鹊

一只喜鹊偷吃猫粮时被猫捉住。

喜鹊不住地叹息:"窝囊!谁都有一死,我死不足惜,但我万万没想到,竟会死在猫的手里。"

猫听了一愣。

"猫咋啦?"猫说,"猫就不能捉住你吗?"

"猫当然不应该捉住我!"喜鹊说,"猫没有翅膀,不会飞。"

猫大笑。

"可没翅膀的我就是捉住你了。"猫说,"这就是你的命。谁叫你偷吃呢,你的命里注定有此一劫。"

喜鹊很不情愿地认栽了。

喜鹊没吃几口猫粮,却成了猫的美餐。

老鼠

猎人骑马扛枪在田野里搜寻狼,无意间发现一只觅食的老鼠。

"滚开,饶你不死!"猎人对那只老鼠说,"你不值得我浪费一颗子弹!"

那只老鼠赶紧叩头作揖说:"谢您不杀之恩!您真是我的大恩人、大贵人,我会一辈子记住您的大恩大德,请您大恩施到底、大德做到家好吗?我都断顿好久了,现在眼冒金星、四肢发软,请您施舍我一把干粮吧。"

猎人大怒。

"我不杀你已经够便宜你了,你居然还有如此非分之想,真是得寸进尺。"

猎人举枪欲射那只老鼠,那只老鼠撒腿就跑。

"人真小气,不通情达理。"那只老鼠跑掉后想,"施舍一把干粮,对人来说不过是举手之劳而已,抠门!"

猎人后悔,刚才真该驱马踏死那只老鼠。

有人以对老鼠施恩为荣吗?

对比

儿子对妈妈说:"我比我爸强——我比他力气大。"

妈妈说:"是呀,他现在老了。不过他年轻时是他们班上力气最大的男生,不知你的力气在你们班上排第几?"

儿子噎住。

女儿对爸爸说:"我比我妈漂亮——我个儿比她高,身材比她苗条。"

爸爸说:"可不,她现在发福了。但她当年是她们班上个儿最高、身材最好的女生,不知你的身高、身材在你们班上排第几?"

女儿沉思。

儿子、女儿面面相觑,咋舌,半晌无语。

他们一家四口都是聪明人,两代人对比的谈话只有过这一次,没有第二次。

凶猛的猫

它是一只凶猛的猫。

说它凶猛,是对老鼠而言的。

它在老鼠面前,绝对强悍无比、趾高气扬。

一只鹅听说它凶猛后很不服气。

那只鹅找到它说:"我想见识见识你的凶猛,你咋就凶猛啦?我没看出来。"

它很生气。

它龇牙咧嘴一步一步靠近鹅。

鹅挺胸抬头看它。

它继续靠近鹅。

突然,鹅一口啄住它的后脖颈子,然后猛一甩头,把它扔出去老远。

它惨叫一声跑掉了。

它在鹅面前还真凶猛不起来。

但是,它在老鼠面前绝对是一只凶猛的猫,谁又能否认这个不争的事实呢?

管闲事的老太太

一群鸽子在房顶散步、拉屎、咕咕叫。

老太太很生气。

她把一只猫扔到房顶上说:"管管这些会飞的老鼠,不准它们拉屎、咕咕叫!"

那群鸽子一哄而散飞上天。

那群鸽子想:我们咋成老鼠啦?我们嘴上有胡子,屁股后边有细细的长尾巴吗?我们拉屎咋啦?叫咋啦?拉屎和叫连老天爷都管不着!

那只猫站在房顶上想:鸽子不归我管呀,老太太的要求太无理了!

那只猫趴到角落里睡觉去了。

那群鸽子在天上飞几圈后又落回房顶,只是离那只睡觉的猫远一点儿,继续散步、拉屎、咕咕叫。

老太太最终没能阻止鸽子散步、拉屎、咕咕叫。

大度的象

早起,蛇对象说:"我昨晚把你吞了!"

"是吗?我咋不知道。"象说,"我这不活得好好的?"

蛇长叹一声说:"我在梦里吞掉你,你咋知道?我整整吞了一晚上呢!好家伙,你真大,我现在感觉特累!"

象咯咯笑,说:"你又没真吞掉我,不过做梦而已,累啥?"

蛇说:"你以为做梦就不累吗?"

象点头。"后来呢?"象问蛇,"你是咋醒来的?"

蛇难堪地低下头说:"我是被你一泡大便压醒的,一定是我睡着后,你干的坏事。"

象慢悠悠地走开了。

一条被大便压了一夜的蛇,爱做啥梦就做啥梦吧,象不计较……

爱和被爱的故事

一对恋人痴痴地晃到大树下边,用刀在树干上刻下"我爱你""我永远爱你"。

那对恋人爱的当然不是大树,是彼此。

很多年后,有人看见树干上的字,莫名其妙地说:"一棵大树有啥好爱的?真荒唐!"

大树扑簌簌落下叶雨说:"哪里是爱我,他们是爱自己,是彼此相爱!我只是替他们背负'被爱之名'罢了。不知他们现在还彼此相不相爱?"

那人寻思,也许当初刻字的人早就死了,爱与不爱还有意义吗?大树却永远背负被爱之名。

浇花

天下小雨,滴答,滴答。
他微笑。
下雨真好。他想,省得浇花了。
几滴雨下完,地面很快干燥。
花渴得弯下腰,耷拉着叶子。
"别装可怜!"他说,"贪得无厌的东西!"
他不浇花。
花死掉了。
他诧异:花是怎么死掉的?

狗的思维

主人站在院子里看猫戏蝴蝶,颇有兴致。

狗忽然说:"主人,给猫吟首诗吧。"

主人说:"猫懂诗吗?你咋有这怪念头?"

狗说:"猫当然不懂,它要懂岂不是人了?不过这样可以证明您是人,让它知道人的智慧和高雅。"

主人哈哈大笑,摇头。

"免了吧,有这必要吗?"主人淡淡地说,"我需要证明我是人吗?你是狗,你不'汪汪'叫两声,别人就不知道你是狗吗?"

狗眨眼歪头想了半晌,它还真不知道,它要不"汪汪"叫,别人还知不知道它是狗,它都很久没"汪汪"了。

两难

她有一猫一狗两个宠物。

一天,她梦见狗把猫咬死了。

她抄起想象中的猎枪,把狗击毙了。

就在枪响的同时,她后悔了,因为瞬间,她失去了两个宠物。

她哭醒了。

庆幸只是一场梦。

早起,爸爸和妈妈为两个哥哥争吵。

爸爸认为大哥不对,应该抽大哥一顿。

妈妈又"和稀泥"。

她支持爸爸,叫爸爸要抽就赶紧,别听妈妈的。

妈妈把眼一瞪说:"你添啥乱!小黄毛丫头懂什么!去去去,到院里玩去!"

她带猫和狗到院里玩去了。

她心想:我啥不知道?两个哥哥就像妈妈的两条狗,跟我的两个宠物没啥两样。

狗问题

两条狗闲聊。

狗甲说:"你说逗不逗?昨天我对人吠,那人居然问我为啥对他吠。你说这叫问题吗?"

"叫问题呀,当然叫问题了!"狗乙说,"你是咋回答的?这还真是个有趣的问题。"

"我当时被问傻了,瞠目结舌。"狗甲说,"狗嘛,见人不吠还是狗吗?我后来想啊想啊,终于想明白了。"

"快说!想明白啥?"狗乙喊,"我以后保不齐也会被问得如此尴尬呢。"

狗甲摇头晃脑沉吟一下说:"这个问题……根本不用回答。狗嘛,本性如此,咱又不是人,咱是畜生,哪有那么多因为所以,哪有那么多人性问题。"

狗乙使劲儿点头。

两条狗吐出舌头哈哈笑。

狗该吠只管吠,狗就是狗!

猪变异

猪和狗闲聊。

猪对狗说:"我似猪非猪,是象的弟弟。"

"那你到底是猪还是象呀?"狗问猪,"象的弟弟应该是象。"

猪把眼一瞪,说:"我当然是象啦!我说话你听不懂吗?'似猪非猪'就是像猪而不是猪!"

狗使劲儿晃头眨眼,说:"那你的长鼻子呢?你的大粗腿呢?你的腿不但不粗,而且太短了!"

猪狡黠一笑,说:"我变异了!我为了标新立异,变成现在这个样子。"

"呸!你真会自欺欺人、招摇撞骗!"狗喊,"你敢跟我到象面前认亲哥吗?"

猪把小眼睛一转,说:"敢啊!有啥不敢的?走走走,现在就走!"

狗傻眼了。

狗不知去哪儿能找到象。

狗明知猪撒谎欺世,却无法揭穿它,被猪"将"得瞠目结舌。

猪把胸脯一挺,威风凛凛地尖声咆哮:"啊!我不跟你一般见识,英雄能忍俗人之不能忍,我是真英雄!"

狗恨恨地说:"瞎扯淡吧!谁说'假的真不了'?只要时机合适,假的还真就能'真'一回!你现在这德行就是!"

猪把大耳朵一扇头一晃,象的感觉果然来了。

猫的伎俩

猫站在高台上，俨然一副王的模样。

猫对高台下的狗说："虎是猫科动物，你知道不？"

狗说："知道。"

猫又说："虎是兽中之王，你知道不？"

狗说："知道。"

猫又说："我是猫科动物，'猫科动物'就是以我命名的，你知道不？"

狗说："知道。"

猫又说："虎是大王，我是小王，你要臣服于我，你知道不？"

狗瞪大眼说："这我还头一回听说。你是小王？怪不得你拿虎说事呢，原来你想当小王，野心不小啊。咱俩谁臣服谁，你下来跟我比试比试自然见分晓，你给我下来，看我咋弄死你！"

猫一缩脖子，趴下了。

猫像泄气的皮球，一点儿王霸之气都没了。

猫老虎

猫在树林里捕猎,发现一只老鼠。

那只老鼠抱头鼠窜。

猫穷追不舍。

"我的天啊,一只老虎!"那只老鼠一边飞奔一边喊,"它盯上我了,谁来帮帮我啊?"

一只麻雀站在树上哈哈大笑,说:"老鼠,你真逗,把猫当老虎,猫不过就是猫罢了!"

猫听见那只麻雀的话,气得开始爬树,说:"可恶的麻雀,你敢蔑视我!我难道没有虎威吗?对于老鼠和麻雀,我就是会爬树的老虎!我这就让你知道我的厉害!"

那只麻雀吓飞了,那只老鼠逃掉了。

猫最终瞎忙活一场。

懒鸟厄运

日过正午,太阳偏西。

懒鸟对勤鸟说:"一天里最好的时光过去了。"

"还没呢,"勤鸟说,"下午跟上午的时间一样长,可以捉很多虫子吃。"

懒鸟说:"我上午吃了三条毛毛虫,这会儿感觉睡意来了。"

"三条不够,我们每天需要吃六条。"勤鸟说,"走啊!"

懒鸟已经睡着了。

勤鸟捕食去了。

那天夜里,月色晦暗。

勤鸟睡了个饱觉。

懒鸟半夜饿醒,冒险捕食,被一条蛇吃掉了。

因为鸟大多夜盲,蛇在夜里却极活跃。

原罪

夜里，猫捉到一只老鼠。

"你知罪吗？"猫问那只老鼠。

那只老鼠吓得浑身发抖，回答："知……不知道！"

"不知道就是该死！"猫吼，"我本来还想让你多活一会儿，让你当我的早餐。现在我改主意了，让你当我的夜宵。"

那只老鼠不发抖了，冷静下来说："你真虚伪！你改不改主意都是托词。我既然早晚都是死，我认倒霉了。我啥罪都没有，我的罪就是我是弱者而不是强者，但愿你有朝一日遇上老虎或狼啥的，让你也尝尝弱者的滋味。"

猫怒不可遏地狂吼："可恶可恶可恶！死到临头还信口雌黄！弱肉强食天经地义！你的罪就是你是老鼠！"

猫把那只老鼠吃掉了。

各持己见

母猫看见母鸡下蛋,对母鸡说:"你为啥不直接生小鸡呢?蛋还得孵,多麻烦。"

母鸡咯咯大笑,说:"直接生小鸡?没听说过。这就好比母猫下蛋一样滑稽。"

"母猫下蛋?下啥蛋?"母猫问,"猫蛋应该是啥样的?"

母鸡略微想了想,说:"应该也是椭圆形的吧,一头大一头小,蛋嘛,应该都大同小异。不过呢,猫蛋也许会有条小尾巴。"

母猫使劲儿摇头说:"太稀奇古怪了,不要不要。再说了,我下蛋干啥?直接生小猫不是挺好吗?"

母猫坚持母猫的道理。

母鸡坚持母鸡的道理。

其实都对。

美好愿望

她养了一只狸花猫,漂亮。

他养了一条大狼狗,威猛。

他们彼此喜欢对方的宠物。

她对他说:"咱俩让它们结百年之好吧,让它们成一对儿。"

他笑,给她竖大拇指。"我看成!"他说,"你家猫女儿有我家狗儿子保护,我家狗儿子有你家猫女儿爱抚,该是多么美好的一对儿啊!"

他俩把猫和狗圈到一起养。

猫张牙舞爪,狗龇牙狂吠。

他们互相指责对方出的是馊主意。

主权概念

他在家里捉到一只老鼠。

他决定处决那只老鼠。

那只老鼠大喊冤枉。

"我不服!"那只老鼠说,"我在我家里活动,招你惹你啦?"

"你家里?哪里是你家?你指这里吗?"他问,"我给你个机会,让你死个明白,讲!"

"对!这里就是我家!"那只老鼠说,"我在这里出生,在这里长大,我熟悉这里所有犄角旮旯。我去过的角落,你别说没去过了,你连听都没听过,你连想都没想过,你根本就不知道!"

"这就是这里是你家的凭证吗?扯!"他怒吼,"这里,地是我开的,房是我盖的,在你爹、你爷爷、你祖宗来之前,这里就是我的家了!"

那只老鼠还在哭号狡辩,不服。

他手起斧落,把那只老鼠斩了。

繁衍

母鸡为繁衍后代的事跟公鸡吵了一架。

公鸡说母鸡没它就孵不出小鸡。

母鸡那叫一个气！"不成？咋就不成？你太自以为是了！"母鸡说，"咱俩走着瞧，看成不成！"

母鸡好几天不理公鸡。

公鸡赌气离家出走了。

公鸡出走一个多月。

前三天，母鸡下了三个蛋。

前一个星期，母鸡下了七个蛋。

公鸡回家时，母鸡已经下了三十七八个蛋。

母鸡一脸扬扬得意。

不久，母鸡开始孵蛋。

公鸡摇头叹气。

二十一天后，母鸡惊讶，不但一只小鸡都没孵出来，而且鸡蛋都臭了。

公鸡后悔了，它要是"坚持原则"，它要是不离家出走，这会儿都小鸡成群了。

诱惑

小鸟从天而降，落到花园里。

小鸟发现花丛中有很多小虫子。

真是太美了！小鸟欣喜若狂地想，真是美景配美食！

小鸟饱餐了一顿。

小鸟离开时怅然若失。

小鸟在空中朝花园俯瞰一眼，很是留恋不舍。

半个小时后，小鸟忽然感觉身体不适，头晕，恶心，腹痛，呼吸困难。

小鸟从空中坠落时，猛然想到花丛中那些小虫子为啥那么多、那么密集？而且都行动迟缓、半死不活？

小鸟不是人，不懂啥是杀虫剂。

小鸟的身体狠狠栽到屋脊上。

说蛋

一则消息在鸡群里传播：人造鸡蛋诞生了！

虽然人造鸡蛋还不是很完美，但足以令鸡震惊。

有的鸡欣喜："每年会有很多小鸡出世。"

有的鸡担忧："母鸡的数量将会大大减少，多余的母鸡跟公鸡一样，将会直接成为肉鸡。"

有的鸡呻吟："鸡蛋将会减产，绝大多数母鸡等不到成年或刚能产蛋，就会被杀掉。"

有的鸡憧憬未来："回归自然，鸡原本就是野生的。"

有的鸡叹息："鸡被驯养得太久，还能在野外生存吗？"

有的鸡豁达："车到山前必有路——人是不可能让鸡灭绝的，老天爷没给人这个权利。"

……

总之，鸡的，尤其是母鸡的命运将被改变。

鸡们数着爪趾度日。

这种改变将从人造鸡蛋的成本低于鸡蛋成本的时候开始……

驴命

人赶车，驴拉车。

驴气喘吁吁地问人："我有一事不明，可以跟你探讨吗？"

"说！"人把手中的鞭子一挥说，"啥事不明？"

驴吓得一哆嗦。"别挥鞭子呀，"驴说，"你这是探讨的态度吗？"

人嘿嘿一笑，说："我挥鞭子是习惯动作，你别介意。我今天心情好，容你探讨。"

驴发话了："一、同是上帝造物，为啥人是人，驴是牲口；二、人有何德何能凌驾于驴之上，作威作福。"

人和驴你一言我一语地聊开了。

人和驴轮番提问题、回答问题。

很快，驴无言以对，不吭声了。

驴闷头拉车，但并不等于驴服了。

驴虽然智商不高，但脾气秉性倔强，不满情绪很强烈，随时准备发作。当然了，挨鞭子也是必然的……

猴性

猴特不服大猩猩，认为大猩猩平白无故高猴一等。

"你不就是个儿大吗？"猴挑衅大猩猩说，"你要没这优势，跟猴一样，甚至还不如猴呢。"

大猩猩突然一把抓住猴，理理猴的毛说："你别害怕，我今天心情好，不利用我的优势以大欺小。"

猴吓得小便失禁了。

一天，马戏团来人挑选动物演员。

大猩猩被选上。

因为大猩猩可以领会并做出很多猴不理解且难做出的动作。

大猩猩得到很多美食奖励。

猴馋得直流口水。

大猩猩临行前对猴说："这回你服了吧？我没利用我的体形优势，你个儿小也没选上！"

猴把小眼一翻一眨不说话，馋死也不说服气。

别看猴本事不大，脾气倒挺犟的。

纸鸟

白天,幼儿园阿姨给小朋友们折了一只抻一下尾巴就会飞的纸鸟。

小朋友们玩了半天。

夜里,小朋友们都睡觉了。

那只纸鸟睡不着。

纸鸟给小朋友们托梦说:"小朋友们好!今天我很激动,因为今天是我诞生的日子!我知道人在睡梦中说话最真实可信,所以我问你们一句:我飞得好吗?"

第一个小朋友说:"好!非常好!"

第二个小朋友说:"你飞得跟真鸟一样好,甚至比真鸟飞得都好!"

第三个小朋友说:"你再飞一回吧,我们没看够!"

那只纸鸟兴奋得脸通红,给小朋友们鞠躬,说:

"好啊!太感谢你们了!我都激动得快哭了!请你们哪个过来帮我抻一下尾巴吧,我好扇动翅膀飞。"

一阵短暂的沉默后,小朋友们爆发出哈哈的笑声。

值夜班的阿姨惊醒了,赶紧查房。

阿姨很诧异,小朋友们都睡得香香的,为啥同时笑呢?

阿姨万万没想到,是因为那只纸鸟。

自由飞翔

鹰在空中看见风筝很诧异。

"你是咋飞上天的?"鹰问,"你没翅膀呀。"

风筝回答:"我有,我的身体就是翅膀。"

鹰愣愣神说:"真是奇谈怪论!好吧,就算你的身体是翅膀,你的翅膀也不能动呀,你为啥不会掉下去呢?我虽然也能长时间飞翔,但如果翅膀不扇动,早晚要一头栽下去。"

风筝为难了,一时无语。

忽然,鹰看见风筝身下拖着绳子。

"这是啥?"鹰问,"谁用绳子拴住你?是怕你跑掉吗?"

"是的,"风筝难堪地说,"没这根绳子,我会越飞越高,我会翻转,最终一头栽下去。"

鹰觉得太离奇了。

鹰不相信风筝的鬼话。

可事实如此,鹰只得承认。

鹰一点儿也不羡慕风筝。

鹰喜欢自由地飞。

算计

她和他是同事。

她看穿了他,打算占他便宜。

中午,她可怜巴巴地站在他跟前说:"我想求你一件事……"

"啥事?"他问,"说。"

"你先答应我……"她扭捏地说,"女人有事,一找警察,二找绅士……"

他心里臭美了一下。

他不是警察,是绅士也不错。

他拍拍胸脯说:"好,我答应你,说吧。"

她告诉他,她早晨出门忘了带钱,要他午饭请客。

他心里扫兴,但男子汉大丈夫一言既出驷马难追,又咋好反悔呢?不就一顿饭嘛!

他点头答应。

几天后的中午,她又站在他跟前。

不等她开口,他先说话:"今天绅士也没带钱。"

她白了他一眼。"你真没劲!"她冷冷地说,"今天我带钱了,本想还你人情债,我请你,不领情拉倒。我心意到了,过期不补!"

她转身走开。

他望着她的背影发呆。

他会追上去讨她一顿饭吗?

男子汉大丈夫,怎么可能!

她早把他拿捏死了——他要是跟上次一样热情,她就再吃他一顿;否则,她就像这样挖苦他,人情债不还,理还占上风。

喂狗

他初次养狗,不知狗的食量有多大。

开始,他给狗一勺狗粮。

狗一次性吃光。

之后,他给狗两勺狗粮。

狗还是一次性吃光。

再后来,他给狗三勺狗粮。

狗剩食了。

"哈!"他笑笑说,"原来你的食量是两勺!"

几天后,狗突然说话了:"不够,饿!"

他惊讶地说:"饿?三勺你吃不了呀!"

狗说:"你知道我为啥吃不了吗?不是吃饱了,而是不爱吃。换好吃的,加量!"

他怒。

好个畜生,还挑肥拣瘦,得寸进尺!

第二天,他给狗三勺狗粮。

狗拒绝吃。

第三天,他不喂。

第四天,狗吃了第二天的一半。

第五天,他加一勺半狗粮,凑足三勺。

狗都吃光了。

以后,每天三勺,定下规矩。

男友

她和闺密逛商场。

她俩刚进门,迎面碰见一个男人。

她和男人对视一眼,无话,擦肩而过。

她回头目视那男人开车离去。

她沉默。

"你认识他?"闺密问,"啥关系?啊……我猜猜,前男友?"

她苦笑。"讲讲他的故事,你们是咋分手的?"闺密说,"没听你说起过呀。"

她沉吟半晌说:"其实……他的故事比我现男友的故事精彩得多,只是……只是……"

"说呀!"闺密催促,"看来故事不少。"

她咬咬牙说:"哪儿的话!故事简单得很,我总觉得他对我流里流气,我没认可他。"

闺密瞠目结舌。"流里流气?啥意思?"闺密惊问,"哪个男人追女人时不流里流气?哦,绝大多数男人不那样,可他们不追求你!"

她没吭声。

闺密说得有道理。

她跟现男友在一起时总没啥感觉。

她突然有些后悔,自己咋现在才明白闺密说的道理呢!

无奈

前两日，我无端摊上一起"官司"，心情很不愉快。

我的一个在字画拍卖公司的朋友给我打电话，说他准备从我的一个姓张的老同学手里收购一幅我的画，请我鉴定一下真伪。

我与张同学20多年没见过面。

我请朋友把画的图片发给我。

看过图片，我回复朋友："从图片上看，像我的画，但不能仅从图片上确定真伪，还要看原作，因为我从没送过或卖过画给张同学。"

以后的事，我就不清楚了。

第二天，我的一个姓周的女同学给我来电，开口埋怨我做人不厚道。

她说："你至于吗？这样小心眼！画是我送他的，他临时手头紧，卖画接济一下不可以吗？"

当然可以。

我告诉她，我只是如实答复我的朋友而已，画既送人，我不干涉去向。

放下电话，我心里堵得慌。

我招谁惹谁啦？

我白送画给同学，没得一分钱利益，反落一身是非。

知己

我爱画画，有人说我心灵手巧；我爱写作，有人说我长于逻辑思维。其实不然。

我知道我的优缺点是啥。

某天，朋友让我自我评价。

我不假思索地说："我的优点——讲理，我的缺点——讲理！"

他哈哈大笑。

"你真幽默！你臭贫！"他说，"把缺点说成优点！"

我使劲儿摇头。

"非也！"我说，"我说正经的，没开玩笑！"

我进一步解释说："天下没有绝对的事，凡事一绝对就会出问题。在原则问题上讲理是我的优点，在非原则问题上讲理是我的缺点。"

他说："既然如此，你改改不就得了？那你岂不是十全十美了？"

我苦笑说："难就难在本性难移呀。天生脾气总也改不了。不论大事小事，不讲理我心里难受。尽管有时讲理是多余的，会把问题复杂化、尖锐化，适得其反……"

他瞪眼看我，好像才认识我。

我也瞪眼看他。

我说的是真心话，他相信吗？

我不完美，尽管我想变得完美。

有人说，人一旦完美就不是人了。

我很庆幸，我是人。

酸辣货

他在新开的小吃一条街上摆了个酸辣粉小吃摊,加入小摊贩的行列。

没两天,来了个食客,铁青着脸要了一碗酸辣粉。

食客用鼻子闻一闻,又用舌头舔一舔酸辣粉说:"啥破玩意儿?既不够酸也不够辣!这也能叫酸辣粉?"

他看出食客不是善茬,强压怒火想,你这兔崽子纯找碴儿吧,再酸再辣还是给人吃的吗?要口重是吧?那别吃酸辣粉,直接辣椒油兑醋才得劲儿!

但想归想,他还是脸上堆笑,说:"具体是酸味不够还是辣味不够?请您指点,我好改进。"

食客眼一瞪,说:"拜师要交学费的,这碗酸辣粉的钱能免了吗?"

他心里那叫一个气啊。

什么玩意儿!

吃不起就说吃不起,一碗酸辣粉的学费,能是多大的学问?

他没吭声。

他瞪眼看食客,一脸铁青,还顺手把铁锅抄了起来。

食客自觉没趣,吃完酸辣粉,把钱甩下就走了。

邻摊人小声问他:"你不认识他?他是对面酸辣粉店的小老板。"

他恍然大悟。怪不得呢,他看着有些眼熟。

他骂:"啥破玩意儿!真欠收拾!"

邻摊的人大笑。

他问:"我的酸辣粉真不够味儿吗?"

邻摊的人说:"哪里?比他家做的强太多了!他是妒忌你啊,都找上门寻衅了。他家做的粉又贵又难吃,量还少。"

未来黑科技

他在梦里被忽悠了。

一群人兴奋异常，议论纷纷。

他走过去看热闹。

一个女人说："这是最新软件——回家 App，赶紧下载吧。"

女人不很漂亮，最起码没他老婆中看。

他迟疑，撇嘴。

"看我干啥？行动呀！"女人说，"跟上时代，关键在行动。"

他拿出手机。

女人指点他一步步下载软件。

他的手机屏幕上突然出现一个小尖尖。

"呀！"他喊，"这是啥？"

"三维码！"女人说，"用指尖摁一下，软软的，触感超好，赶紧体验一下回家的温馨。"

他摁一下，眼前的一切消失了。

他迷迷瞪瞪、晕头转向，眼前一片漆黑，惊出一头冷汗。

忽然，他眼前出现一片新天地。

豪华的房间，宽敞的卧室，最令他惊讶的是，身边站着刚才的女人。

"这是哪儿？你是谁？"他问，"我在家里吗？"

"当然！"女人说，"这是你的新家，我是你的新老婆！"

"不，不，你走！"他大喊，"这家再好也不温馨，我要我的旧老婆！"

女人哭了。

"你不能这样!"女人说,"人要讲信用,失信会被记录,你害人害己!"

他掏出手机,气急败坏地猛摁三维码。

手机发出"嘟嘟"的警告声,屏幕显示:"输入有误,正在重启。"

一切又消失了。

忽然,情景再现,女人仍站在他身边,笑容可掬……

先人故事

他追求她。

他给她讲他先人的故事。

他说:"我祖先也不知是哪代先人,绝非等闲之辈!"

她问:"他是干啥的?"

"皇上随身的尝菜官,皇上的菜,由他尝第一口。"

她笑。

"那就是御膳房太监啦!"她喊,"你先人是太监?"

"什么话!"他也喊,"太监能成为我先人吗?太监能有后代?"

"哦,那可能是安全预警之职。"她说,"属于禁卫军之类?"

"说不清楚。"他说,"虽然地位不够显赫,但巴结他的权贵可不少。"

"还不显赫?够可以了!"她说,"不是随便谁都能干这活儿吧?"

"那倒是!"他不无得意地说,"别的不说,天天跟在皇上身边,如果是笨嘴拙舌、没个眼力见儿之辈,皇上能待见吗?"

她点头表示肯定。

"后来呢?"她问,"真没想到你竟有这样的先人。"

"中毒死了!"他遗憾地说,"下毒者真可恶,下的是慢性毒药,第二天毒性发作,他和皇上一起死了。"

她惊讶。

"查清下毒者是谁没有?"她问,"一定是皇族中人!"

"没有!"他苦笑,"当时风声虽大,却不了了之,皇室对外只能宣称皇上暴毙。"

她很同情他先人。

他心中暗自得意。

但不久他就后悔了。他不但没因此获得亲近她的机会，反而觉得她与自己疏远了，尤其是她每次看他的眼神，他都觉得她在看太监！

老石端砚

他买了一方端砚,长方形,较厚,款式、颜色都很一般,但非常好用。当然价格也不菲,是普通端砚的二三十倍!

砚是一个熟识的老板推荐给他的。

他是常客。

老板见到他,笑嘻嘻地从柜台下边拿出砚说:"我一直等你看第一眼。你不要,我再卖给别人。"

他笑。

那方砚看不出任何特别之处。

"这可是老坑石!"老板说,"我知根知底。"

他仍笑。

老板一本正经地说:"真的,正经做生意,不骗你!我家祖祖辈辈是老坑采石工。很久以前,老坑石虽很珍贵,但远没后来这么珍贵。老坑附近盖房,工棚、库房之类,老式木结构,木柱下垫柱石用的就是砚坯。后来房子陆续拆迁,垫柱石都不翼而飞了……"

他看着那方砚问:"这是其中一块吗?就算是老坑石,咋见得就好?"

"真金不怕火炼,你上手一试便知。"老板说,"我不仅把你当顾客,也当朋友,有钱、有品位、知书达理的朋友,破格对待!"

老板把墨块和水罐递给他。

那方砚果然下墨、发墨俱佳。

他买下了那方砚。

老板一再叮嘱:此砚可遇不可求,千万别卖,更别送人,以后不用了,可原价,甚至超价回收!

计谋

巴黎的她迷恋中国文化，开始练习毛笔字。

她看上了他使用的一方端砚。

一天，她给他讲了个故事。

"东汉末年的董卓是个聪明人，你一定知道吧？"她说，"他为了得到吕布，把赤兔马送给吕布，不但得到了吕布，赤兔马也'完璧归赵'了——人都是他的了，马还能是谁的？"

他点头笑。

"是很划算。"他说，"不过这不是董卓自己的点子，是他身边谋士的计谋。"

她笑得更灿烂了。

"董卓能采纳谋士的计谋，说明他不但不笨，而且很有胸怀。"她说，"你可以学而用之呀，我给你出个类似的主意……"

他洗耳恭听。

她笑嘻嘻地告诉他，他可以把那方端砚给她，她再连人带砚"完璧归赵"，她得砚，他则人砚两得。

他大笑，给她竖双拇指。

她的计谋比董卓谋士的更高明。

她不费吹灰之力便获得了那方端砚的使用权，至于她的"人"归不归他所有那都是后话。

花和土

花盆里有一株花,长得枝繁叶茂。

花特看不上花盆里的土。

"土是世上最没用的东西。"花使劲儿撇嘴说,"我在花盆里安家落户前,土是啥样现在还是啥样。"

"不对,"花匠说,"土当时很肥沃,现在很贫瘠,土里的养分都被你吸收了。"

花说:"那土不是更没价值了吗?赶紧倒掉!"

花匠把花盆里的土倒掉,顺手把花丢在一旁。

"哎,别丢掉我呀!"花喊,"我离开土会死的!"

"但愿不会!"花匠说,"你不是说土没价值吗?"

花匠走开了。

花死掉了。

石瓜

20年前,我花300元买了一个石瓜。

这个价格放现在不贵,但在那时超贵。

一开始我看半天没舍得买。

结果,彻夜难眠。

那石瓜太神奇了。

一尺多长,碗口粗细,颜色大半为深土黄色,下边一小块为白黄色,形状、瓜棱、瓜蒂、柄把均酷似南瓜,人人手摸眼看都以为是南瓜化石。

第二天早起,我把石瓜买到手。

我把石瓜摆放在茶几上。

一个朋友偶来我家做客。

他一进门就看见石瓜,只瞥一眼,没吭声。

我俩喝茶聊天。

他忽然问:"摆个南瓜啥意思?"

"好玩呗,"我说,"你以为呢?"

他笑。

"不可理解,"他说,"我不是艺术家。"

我建议他仔细看看,用手摸摸。

"石头的?"他惊问,"天然的?"

我告诉他,这石瓜乃天生地造之物。

他惊诧不已,赞不绝口。

又很多年过去。

忽一日,他要去国外定居。

他问我可不可以把石瓜转让给他，价钱我定。

"我知道，就是花十倍百倍千倍的钱，也买不到这物件，我这是夺人所爱。"他说，"你也是石癖，想必能理解我、原谅我。我会妥善珍藏这稀世宝物。这不仅是石瓜，也象征着我俩的友情。"

我把石瓜送给他了。

一个同学一段故事

年初，我和两个同学聚餐，聊起一个失联的同学，不知他近况如何。

说起他，我想起一些往事。

他曾跟我要画。

我无偿送过很多同学画，但对他例外。

他用钢笔画老虎，很生动有趣，我提出跟他换画。

他不肯。

我们僵持了很久。

大约有一周的时间，他每天放学后到我家楼下喊我的名字，像个勾魂小鬼。

邻居刘姥姥都看不下去了，问我："你究竟欠他啥？"

忽然有一天，他提出以借我一本小说读为条件，我答应了。

那是本以苏联卫国战争为背景小说，纸张粗糙且黄，三寸厚，像块大板砖，没头没尾。我至今不知书名，只记得一个人物叫安娜。书中描写了一群年轻的游击队员在敌占区的战斗经历和爱情故事。

我被故事深深地迷住了。

当读到安娜的尸体被战友在乱尸坑里找到时，我难过得泣不成声。

那本书与他联结在一起，说起他，我便想起那本书。

他性格孤僻，沉默寡言，不善与人交往。

我把这个故事写出来，有同学读后问："他是不是叫……"

我笑着制止说："心领神会便好，何必说破呢？"

叹玉

国泰民安，老百姓酷爱收藏。

俗话说：乱世藏金，盛世玩玉。

前些年，我也玩玉。

那真是好年头。

缅甸翡翠原石通过各种渠道流入中国，一时间，古玩市场、文玩市场、各大百货商场均有大量翡翠制品出售。只可惜，一般工薪阶层不是买不起，就是没相应的意识。

当然，说到底还是钱的问题。

我那时手里颇有些闲钱。

不同品种的项坠、项串、戒指、手串、手镯、摆件，着实买了不少。

不知不觉间，客厅、书房、餐厅、卧室里珠光宝气。

夫人提醒我悠着点，差不多得了，别太烧包。

我是个耳根软听劝的人，遂逐渐收手。

一晃三十年过去了。

忽一日，我和夫人逛商场，发现翡翠制品价格惊人。

夫人瞠目结舌说："哎……哎哟，你看……你过去买的项坠、手串、摆件……哪个不比这些品相好？这些都卖上万、十几万、几十万，那你……你当年咋就没脑后长眼呢，再多买些也不是买不起。"

我苦笑，点头，摇头。

我喃喃自语："买玉是缘分，买到手也是缘分，失之交臂是无缘。"

夏雨图

这是我的亲身经历。

我年轻时去云蒙山写生，正赶上下雨。

我借宿老乡家。

老乡家在半山腰。

老乡劝我别出门，一个人转悠太危险。

我那时经常一个人进山写生。

我不想拖累他人，也不想被他人拖累。

我想体验一下雨中的感觉。

我带着简单的画具上山了。

雨越下越大，放眼望去，一片朦胧。

风也越来越大，那风已经不是一阵阵，而是一拨拨涌来。我站在山坡上，就像站在大海底，大风把我压得几乎抬不起头、直不起腰来。

我被迫窝在石头缝里，穿着雨衣、捏着画夹画画儿。

一阵风雨过后，画被淋湿、淋烂。

我只好把画收起来。

我痴迷地观察越下越大的雨。

看似平静的山坡上流下湍急的雨水，每块石头两侧、每条沟壑都有雨水在奔涌。

我环顾四周，忽然感到恐怖。

我的容身之地越来越小，似乎山洪暴发了！

下山已不可能，我只能上山。

我坐在山顶上一直等到雨停。

彩虹出现了。

好美，就在我头顶，仿佛一伸手就能触碰到。

我莫名其妙地感动得都快哭了。

事后，我根据那张残破的写生稿画出《夏雨图》。

我把亲身感受还写进我的长篇小说《盛世英雄》里，也算是"硕果累累"吧。

我把这个故事讲给夫人听，她说："你年轻时还真不怕死！"

梦中童话